한국 고전시가 읽기

한국 고전시가 읽기

엄경흠 편저

역락

● **머리말** ●

　제법 오랜 세월 수업 시간에 학생들과 한국의 고전시가에 대해 공부를 하였다. 고백한다면 사실 나조차도 제대로 이해하지 못할 내용들이 많았고, 지금도 그러하다. 그럴 때마다 편저자는 학생들에게 원전의 문제, 해석의 이견 등에 대해 변명처럼 설명을 하고 넘어갈 수밖에 없었다. 한시를 공부하여 평생을 이에 대해 공부하고 글을 쓰며 살았던 편저자는, 수업을 준비하는 시간과 몇 편의 논문으로 작성한 것 외에 이를 종합적으로 공부할 엄두는 감히 내지 못하였다. 그러나 학생들과의 공부를 위해서 스스로가 공부를 할 수밖에 없었다. 이 책은 이러한 과정 속에서 편저자가 한국 고전시가의 유용하다고 생각한 전달 방법과 내용을 찾아내어 엮은 것이다.

　편저자는 그동안 공부를 하거나 수업을 하면서 느꼈던 아쉬움을 극복해 보려고 다음을 편집의 기준으로 삼았다.

　첫째, 가능하면 원전을 그대로 싣고자 하였다. 이 가운데 원전이 틀렸다고 확신할 만한 것들도 있다. 그러나 사실 틀린 것이라고 생각할 수도 있지만, 확신할 수 없는 것들도 있다. 이조차 학생들이 경험하는 것 또한 중요한 공부의 하나라고 생각하기 때문에 그대로 싣고자 했다.

　둘째, 창작의 배경이 되는 내용이나, 시가를 안고 있는 설화를 빠짐없이 실으려고 했다. 역사적 배경을 이해하는 것이 그 시가에 대한 해석상 배경에 의지하는 오류를 가져올 가능성도 있다. 그러나 시가를 정확하게 이해하는데 도움이 되는 점도 많다고 생각한다. 시가를 안고 있는 설화를 전체적으로 싣고자 한 것도 이와 같은 이유에서다, 시가를 독립적으로 해석하는 것이 분명하다고도 하겠지만, 설화에 안겨 있는 시가는 안고 있는 설화와 관련하여 해석하는 것도 도움이 된다는 믿음에서다.

셋째, 향가, 고려 노래 등 훈민정음 창제, 작품 수집 정리 이전의 것들에 대한 해석은 해석상 이견이 분명하게 나타나는 것 외에는 다양한 논자들의 해석을 싣지 않았다. 사전을 찾아보면 알 수 있을 정도의 것 외에 대한 여러 학자들의 해석조차 일일이 싣는다면 복잡하기만 하고, 학생들 스스로 생각하는 힘조차 뺏을 수 있기 때문이다.

참고문헌에서 확인할 수 있는 필자들은 이 책을 만드는데 도움을 주신 중요한 분들이다. 원전을 편저자 스스로 번역하고, 이해하고 정리한 부분들도 있지만 엄청나게 많은 부분 이 분들의 도움에 힘입었다. 이 지면을 통해 참고문헌의 필자들에게 감사의 말씀을 올린다.

또한 그다지 인기도 없어 출판사에 큰 도움이 되지도 못할 책을 두말 없이 출판 가능하게 해주신 역락의 이대현 대표와 여러분들에게 충심으로 감사의 말씀을 올린다.

2018년 2월
바다가 내려다보이는 공부방에서
편저자 엄 경 흠

◉ 차례 ◉

제1장

고대가요(古代歌謠)

● 구지가(龜旨歌)

거북아 거북아[1]
머리를 내어라
안 내어 놓으면
구워서 먹으리

 참고

[1] 가락국기(駕洛國記)

문종(文宗)조 대강(大康 : 1075~1083) 연간에 금관(金官) 지주사(知州事)
문인(文人)이 지은 것이다. 이제 간략하게 하여 싣는다.

개벽한 후로 이곳에 아직 나라의 이름이 없고 또한 군신(君臣)의 칭호도

---

1) 첫 구절의 거북을 '검[神]'으로 새긴 학설도 있다. <박지홍(1957), 「구지가 연구」, 국어국
   문학회, 『국어국문학』 16>

없었다. 이때 아도간(我刀干)·여도간(汝刀干)·피도간(彼刀干)·오도간(五刀干)·유수간(留水干)·유천간(留天干)·신천간(神天干)·오천간(五天干)·신귀간(神鬼干) 등의 9간이 있어, 추장으로 모든 백성을 거느리니 무릇 100호에 7만5천인이었다. 산과 들에 도읍하여 우물을 파서 마시고 밭을 갈아 먹었다. 후한(後漢) 세조(世祖) 광무제(光武帝) 건무(建武) 18년(42) 임인(壬寅) 3월 계욕일(禊浴日)에, 살고 있는 곳의 북쪽 구지(龜旨)-봉우리의 이름인데, 십붕(十朋 : 거북이)이 엎드린 형상과 같으므로 그렇게 부른다-에서 수상한 소리가 났다. 무리 2~300명이 이곳에 모이니, 사람의 소리가 나는 듯하지만, 그 모습을 감추고 소리를 내어 말하기를 "여기에 사람이 있느냐?"라고 하니 9간 등이 "우리들이 여기 있습니다"라고 하였다. 또 "내가 있는 곳이 어디냐?"라고 하니 "구지입니다"라고 하였다. 다시 "하늘이 나에게 이곳에 와서 나라를 새롭게 하여 임금이 되라 하였으므로 여기에 내려왔다. 너희들은 봉우리 꼭대기의 흙을 파서 모으면서 '龜何龜何首其賢也若不賢也燔灼而喫'[2]이라 노래하고 춤을 추면 대왕을 맞이하여 기뻐서 춤추게 될 것이다"라고 하였다. 9간 등이 그 말과 같이 하면서 기쁘게 노래하고 춤을 추었다. 얼마 후에 우러러보니 자줏빛 줄이 하늘에서 내려와 땅에 닿아 있었다. 그 줄 끝을 살펴보니 붉은 보자기에 금상자가 싸여 있었다. 그것을 열어보니 해와 같이 둥근 황금 알 여섯 개가 있었다. 무리들이 놀라고 기뻐하며 모두 백번 절하였다. 조금 후에 다시 싸서 안고 아도의 집으로 돌아와 의자 위에 두고 무리들은 흩어졌다. 12일을 지나고 난 다음날 새벽에 무리들이 다시 모여 상자를 열어보니, 여섯 개의 알이 동자로 변해 있었는데, 용모가 매우 빼어났다. 평상에 앉히고 무리들은 절하며 축하하고 지극히 공경하였다.

그들은 나날이 자라 10여 일을 지나자 키가 9척이나 되었으니, 은(殷)나라의 천을(天乙 : 탕 임금)과 같았고, 얼굴이 용과 같은 것은 한(漢)나라의 고조(高祖 : 유방)와 같았고, 눈썹의 여덟 가지 색깔은 당(唐)의 고(高 : 요 임금)와 같았고, 눈동자가 겹으로 된 것은 우(虞)의 순(舜) 임금과 같았다. 그 달 보름에 즉위하였다. 처음으로 나타났다고 하여 이름을 수로(首露), 혹은 수릉(首陵)-

---

2) 끝에 붙은 '也'를 노래 가사로 보는 경우도 있으나, 편저자는 이를 전체 문장의 종결 어기사로 보아 생략한다.

수릉은 죽은 뒤의 시호다. 나라를 대가락(大駕洛), 또는 가야국(伽倻國)이라 하
였으니 바로 6가야 가운데 하나다. 나머지 다섯 사람은 각각 다섯 가야의 임
금이 되었다.3)

[2] 해가(海歌)

거북아 거북아 수로를 내어놓아라	龜乎龜乎出水路
남의 부녀를 뺏아간 죄 얼마나 큰가	掠人婦女罪何極
네가 만약 거역하고 내놓지 않으면	汝若悖逆不出獻
그물로 너를 잡아 구워 먹으리라	入網捕掠燔之喫4)

[3] 동명왕편(東明王篇)

하늘이 비류에 비를 내려	天不雨沸流
그 고을들을 가라앉히지 않으면	漂沒其都鄙
나는 너를 놓아주지 않을 것이니	我固不汝放
너는 내 분함을 풀어주어라	汝可助我憤5)

[4] 석척가(蜥蜴歌 : 도롱뇽 노래)

도롱뇽아 노롱뇽아	蜥蜴蜥蜴
비가 내려 퍼붓도록 하라	降雨滂沱
구름을 일으키고 안개를 토해라	興雲吐霧
그러면 너를 놓아 돌려보내리	放汝歸去6)

---

3) 일연(一然), 『삼국유사(三國遺事)』 권2 기이(紀異) 제2, 가락국기(駕洛國記)
4) 일연, 『삼국유사』 권2 기이 제2, 수로부인(水路夫人)
5) 이규보(李奎報 : 1168~1241), 『동국이상국집(東國李相國集)』
6) 『조선왕조실록(朝鮮王朝實錄)』, 태종 7년 6월 21일.

● 공무도하가(公無渡河歌)

님이여 강물을 건너지 마소
님은 끝내 강물을 건너네
강물에 빠져 돌아가시니
님을 어이할꺼나

참고

[1]
<공후인(箜篌引)>은 조선(朝鮮)의 진졸(津卒) 곽리자고(霍里子高)가 지은
것이다. 자고가 새벽에 배를 손질하고 있는데, 어떤 미치광이 사내가 머리
를 풀어헤치고 호리병을 끌며 강물을 건너고 있었다. 그 아내가 쫓아가며
막으려 했으나 미치지 못한 사이 강물에 빠져 죽었다. 그러자 하늘을 향해
부르짖다 공후를 타며 노래하기를, '公無渡河公竟渡河墮河而死當奈公何'라고
하였다. 곡이 끝나자 스스로 강물에 뛰어들어 죽었다. 자고는 그것을 듣고
슬퍼하다 금(琴)을 잡고 연주하며 <공후인>을 지어 그 노래 소리를 본떴으
니, 이른바 <공무도하곡(公無渡河曲)>이다.7)

[2]
<공후인><공후인>은 조선의 진졸 곽리자고의 아내 여옥(麗玉)이 지은
것이다. 자고가 새벽에 일어나 배를 손질하고 있는데, 어떤 미치광이 사내
가 머리를 풀어헤치고 호리병을 끌며 거세게 흐르는 물을 건너고 있었다.
그 아내가 그를 부르며 막으려 했으나 미치지 못하고 드디어 강물에 빠져
죽었다. 이에 공후를 잡고 연주하며 <공무도하>라는 노래를 지었다. 소리
가 너무나 슬펐는데, 곡이 끝나자 스스로 강물에 몸을 던져 죽었다. 곽리자

---

7) 중국 후한(後漢, 25~220) 채옹(蔡邕, 132~192), 『금조(琴操)』

고는 집으로 돌아가서 아내 여옥에게 그 노래 소리를 말해주었다. 여옥은 가슴 아파하다 공후를 잡고 그 소리를 본떴더니, 듣는 사람들 모두 눈물을 흘렸다. 여옥은 그 노래를 이웃 여인인 여용(麗容)에게 전하였는데, 이름하여 <공후인>이다.[8]

[3]

公隨河死[9]

[4]

將奈公何[10]

[5]

수공후(竪箜篌)는 그 모양이 몸체는 구부러졌으며 길다. 현은 22개이며, 가슴에 세워 안고서 두 손을 사용하여 한꺼번에 연주한다. 호공후(胡箜篌)라고도 한다. 고구려에는 수공후, 와공후(臥箜篌)라는 악기가 있다. 그 인(引)은 조선의 진졸인 곽리자고의 아내가 지은 것이다.

<공후인> <공후인>은 조선의 진졸 곽리자고의 아내 여옥이 지은 것이다. 곽리자고가 새벽에 일어나서 배를 손질하고 있는데, 어떤 흰 머리의 미친 사내가 머리를 풀어 헤치고 호리병을 든 채 물결을 헤치면서 강을 건너갔다. 그러자 그의 아내가 뒤따라가서는 건너지 말라고 하였으나, 막지 못하여 마침내 흰 머리의 미친 사내가 강물에 빠져 죽고 말았다. 이에 그의 아내가 공후를 가져다가 타면서 <공무도하가>를 불렀다. 그 소리가 몹시 처량하였는데, 노래를 마치고는 스스로 강물에 몸을 던져 죽었다. 곽리자고가 집으로 돌아와서는 그 소리를 아내인 여옥에게 말해 주자, 여옥이 상심해하면서 이어 공후를 가져다가 그 소리를 그대로 불렀는데, 듣는 자들이 모두 눈물을 흘리면서 흐느껴 울었다. 여옥이 그 소리를 인근에 사는 여용(麗容)에게 전하였으며, 곡의 이름을 <공후인>이라 하였다.<『고금주(古今

---

8) 중국 진(晋, 265~319) 최표(崔豹, ?~?), 『고금주(古今注』

9) 중국 진(265~319) 공연(孔衍, ?~?), 『금조』. 앞 두 구와 마지막 구는 앞과 같음

10) 중국 송(宋, 960~1279) 곽무천(郭茂倩, ?~?, 1084년 벼슬 기록), 『악부시집(樂府詩集)』. 세 구는 앞과 같음

注)』> 살펴보건대, 조선(朝鮮)은 바로 한나라 때 낙랑군(樂浪郡) 조선현(朝鮮
縣)이다. 여옥이 지은 <공후인>은 『고시기(古詩紀)』-중국 명(明, 1368∼
1644) 풍유눌(馮惟訥, 1513∼1572) 편-에 그 가사가 실려 있는데, 가사는 예
문지에 나온다. <공무도하>라고도 하였다. 또 『금조』 9인(引)에 <공후인>
이 있는데, 모두 여옥에게서 나온 것이다. <공후인> 『고금주』에 '<공후
인>은 조선의 진졸인 곽리자고의 아내 여옥이 지은 것이다'라고 하였다. 악
지(樂志)에 상세히 나온다. 여옥 – 앞의 노래와 같음-11)

[6]

『태평어람(太平御覽)』-중국 송(960∼1279) 이방(李昉, 925∼996) 등 편-에
이르기를, '한(漢) 때의 곽리자고는 조선 사람이다. 새벽에 일어나 배를 손질
하다 보니, 한 흰 머리의 미친 사내가 머리를 풀어 헤치고 호리병을 찬 채
물을 건너려 하매, 그 아내가 말렸으나 듣지 아니하고 드디어 물에 빠져 죽
었다. 그 아내는 공후를 들고 연주하며 노래를 불렀다.

公終渡河
公淹而死12)

그 소리가 몹시 처절하였는데, 곡조가 끝나자 역시 물속에 몸을 던져 죽
었다. 자고가 집에 돌아와 노랫소리를 그의 아내 여옥에게 이야기했더니,
여옥은 매우 슬퍼하면서 공후를 잡고 그 노래를 본떠서 불렀다. 그 노래가
<공후인>이다'라고 하였다. 내가 열하(熱河)에서 태학(太學)에 있을 때 악기
를 구경했으나, 이른바 공후라는 것은 없었고, 여러 번 사람을 시켜 북경 유
리창(琉璃廠)에서 찾아보게 하였으나, 볼 수가 없어 결국 그 모양을 알지 못
하였다.13)

11) 한치윤(韓致奫), 『해동역사(海東繹史)』 22권 악지(樂志), 악가(樂歌)와 악무(樂舞) 및 47권
   예문지(藝文志) 6
12) 첫째와 마지막 구는 앞의 것과 같음
13) 박지원(朴趾源), 『열하일기(熱河日記)』 「동란섭필(銅蘭涉筆)」

● 황조가(黃鳥歌)

펄펄 나는 저 꾀꼬리
암수 서로 기대었네
외로워라 이 내 몸은
누가 함께 돌아갈까

참고

3년(기원전 17) 가을 7월에 골천(鶻川)에 이궁(離宮)을 지었다. 겨울 10월에 왕비 송씨(宋氏)가 죽었다. 왕은 두 여자를 다시 아내로 맞이하여 후실로 삼았다. 한 사람은 화희(禾姬)로 골천 사람의 딸이고, 또 한 사람은 치희(雉姬)로 한(漢)족의 딸이다. 두 여자는 총애를 다투어 서로 화합하지 못하였다. 왕은 양곡(涼谷)에 동·서 두 궁전을 짓고 각각 살게 하였다. 뒤에 왕이 기산(箕山)에 사냥을 가서 7일 동안 돌아오지 않은 사이 두 여자가 싸웠다. 화희가 치희에게 욕을 하기를 "너는 한족의 천한 계집으로 어찌 그리 무례하냐?"라고 하였더니, 치희가 부끄럽고 원통하여 돌아가 버렸다. 왕이 그것을 듣고 말을 채찍질하여 뒤쫓아 갔으나 치희는 화를 내며 돌아오지 않았다. 왕은 일찍이 나무 아래에서 쉬다가 꾀꼬리가 모여 있는 것을 보고 느낌이 있어 노래를 하였다. '翩翩黃鳥雌雄相依念我之獨誰其與歸'[14]

---

14) 김부식(金富軾) 등, 『삼국사기(三國史記)』 권13, 유리명왕(瑠璃明王)

● 인삼찬(人蔘讚)

세 갈래 줄기에 다섯 잎새
양지 등지고 음지 향했네
와서 나를 구하려거든
자작나무 아래로 찾아오게나15)

참고

[1]
[고구려 사람] <인삼찬> 『명의별록(名醫別錄)』에 "<인삼찬>은 고려 사람
이 지은 것이다"라고 하였다. 살펴보니 고려는 바로 고구려다. 三椏五葉背陽
向陰欲來求我椵樹相尋16)

[2]
중국의 문헌에는 이 글을 많이 싣고 있다. 유자나무 잎은 오동잎과 비슷
하면서 매우 넓어서 그늘이 많이 진다. 인삼은 이런 음지에서 자란다고 한
다. 가수(椵樹)는 곧 우리나라에서 책 판각에 쓰는 이른바 '자작(自作)나무'로
우리나라에서는 매우 천한 것인데, 중국에서는 무덤에 이 나무를 많이 심어
서, 청석령(靑石嶺 : 심양과 산해관 중간) 같은 데는 숲을 이루고 있다.17)

[3]
가(椵)는 가(檟)라고도 쓴다. 가(椵)는 음이 가(賈)다. 잎이 오동나무와 비
슷하다.18)

---

15) 중국 당(唐, 618~907) 이석(李石, 1108~?) 『속박물지(續博物志)』
16) 한치윤, 『해동역사』 권47 예문지 6
17) 박지원, 『열하일기』 「동란섭필」
18) 이규경(李圭景), 『오주연문장전산고(五洲衍文長箋散稿)』 의약(醫藥)

● **몰가부가(沒柯斧歌)**

누가 자루 빠진 도끼를 빌려주려나
내가 하늘을 버틸 기둥을 깎으리라

참고

스님의 아명(兒名)은 서당(誓幢)이며 또 다른 이름은 신당(新幢)-당(幢)은
세속에서는 모(毛 : 털)라고 한다-이다. 처음에 어머니의 꿈에 유성이 품속
에 들어오는 것을 보고 태기가 있더니, 해산하려 할 때 오색구름이 땅을 덮
었다. 진평왕(眞平王) 39년 대업(大業) 13년(617) 정축(丁丑)이었다. 태어나
면서부터 총명하고 특이하여 스승에게 배우지 않았다. -중략- 스님이 하루
는 거리낌 없이 거리에서 노래하기를 '誰許沒柯斧我斫支天柱'라고 하였다. 사
람들은 모두 그 뜻을 알지 못했다. 이때 태종(太宗 : 603~661)이 듣고 말하
기를 "이 스님이 귀부인을 얻어 뛰어난 아들을 낳고자 하는구나! 나라에 크
게 뛰어난 사람이 있으면 그 이익이 막대할 것이다"라고 하였다. 이때 요석
궁(瑤石宮)에 홀로된 공주가 있었다. 궁궐의 관리를 시켜 원효를 찾아 요석
궁으로 데려가게 하였다. 관리가 왕의 명령을 받들어 찾았더니 이미 남산
(南山)에서 내려와 문천교(蚊川橋)를 지나면서 만났다. 스님이 일부러 물에
떨어져 옷을 적시니 관리는 스님을 데리고 요석궁으로 가서 옷을 말리고 머
물러 자게 하였다. 공주에게 과연 태기가 있더니 설총(薛聰)을 낳았다.[19]

---

19) 일연, 『삼국유사』 권4 의해 제5, 원효불기(元曉不羈)

● 계림요(鷄林謠)

계림(신라)은 누른 잎이요
곡령(고려)은 푸른 솔이라

📚 참고

처음에 우리 태조(고려태조 왕건)가 일어났을 때, 최치원은 비상한 인물
이 반드시 천명을 받아 개국할 것을 알고, 글을 보내어 문안하여 '鷄林黃葉鵠
嶺靑松'라고 하였다.[20]

---

[20] 김부식 등, 『삼국사기』 권46, 열전6, 최치원

● 망국요(亡國謠)

나무 망할 나라

여왕이로구나

두 놈의 소판 세 놈의 아간

부호부인 사바하

참고

　제51대 진성여왕(眞聖女王)이 임금 된지 몇 해만에 유모 부호부인(鳧好夫人)과 그의 남편 위홍잡간(魏弘匝干) 등 서넛의 총애 받는 신하들이 권세를 잡고 정사를 휘두르니, 도적이 벌떼 같이 일어났다. 나라사람들이 근심하여 다라니(陁羅尼)의 은어를 써서 길가에 던졌다. -중략- '南無亡國 利尼那帝 判尼判尼蘇判尼于于三阿干 鳧伊娑婆訶'라고 하였다. 해설자가 말하기를 '찰니나제(利尼那帝)는 여왕을 가리키는 것이고 판니판니소판니(判尼判尼蘇判尼)는 두 소판을 말한 것이니, 소판은 관직명으로 우우삼아간(于于三阿干)이었고 부이(鳧伊)는 부호(鳧好)를 말하는 것이다'라고 하였다.[21]

---

21) 일연, 『삼국유사』 권2 기이 제2, 진성여대왕(眞聖女大王) 거타지(居陁知)

● 망국예언가(亡國豫言歌)

지혜로 다스리던 이들 미리 알고 달아나니 도읍이 무너지리라

참고

헌강대왕(憲康大王)이 금강령(金剛嶺)에 행차했을 때 북악(北岳)의 신이 춤을 추니 이름이 옥도검(玉刀鈐)이었고, 또 동례전(同禮殿)에서 연회를 할 때 지신(地神)이 나와서 춤을 추니 지백급간(地伯級干)이라고 하였다『어법집(語法集)』에서는 이렇게 말하였다. "그때 산신이 춤을 추며 '智理多都波'라고 노래 불렀다. '도파'란 말은 아마도 지혜롭게 나라를 다스리는 사람이 미리 사태를 알아채고 모두 달아나 도읍이 곧 파괴된다는 뜻이리라"[22]

● 완산요(完山謠)

가련하다 완산 아이
아비 잃고 눈물 흘리네

참고

신검(神劍)이 얼마 후 아버지를 금산(金山)의 절로 옮기고 파달(巴達) 등 장사 30명에게 지키도록 하였다. 동요에 '可憐完山兒失父涕漣洏'라고 하였다.[23]

---

22) 일연, 『삼국유사』 권2 기이 제2, 처용랑 망해사(望海寺)
23) 일연, 『삼국유사』 권2 기이 제2, 후백제(後百濟) 견훤(甄萱)

이야기만 전하고 가사는 전하지 않는 고대가요

● 도솔가(兜率歌)

5년(15) 11월에 왕이 나라 안을 두루 다니다 한 노파가 굶주리고 얼어 거의 죽어 가는 것을 보고 말하기를, "내가 조그마한 몸으로 왕위에 있어 능히 백성을 기르지 못하고 늙은이와 아이들로 하여금 이 지경에 이르게 하니 이것은 나의 죄다"라고 하였다. 옷을 벗어 덮어 주고 음식을 주어 먹인 후, 바로 유사(有司 : 관리)에게 명하여 곳곳마다 홀아비·과부·고아·아들 없는 늙은이·병든 이로서 스스로 살아갈 수 없는 자를 위문하고 부양하게 하였다. 이에 이웃 나라 백성들이 소문을 듣고 오는 자가 많았다. 이 해에 백성들의 삶이 즐겁고 편안하여 비로소 <도솔가(兜率家)>를 지었으니, 이 노래가 악(樂)의 시작이다.

● 회소곡(會蘇曲)

왕이 6부를 정하고 난 뒤 이를 둘로 나누어 왕녀(王女) 두 사람으로 하여금 각각 부 안의 여자들을 거느려 편을 짜고 패를 나눠 가을 7월 기망(旣望 : 16일)으로부터 날마다 아침 일찍 큰 부의 마당에 모여 길쌈을 시작했다가 을야(乙夜 : 오후 10시경)에 마치게 하였다. 8월 15일에 이르러 그 이룬 것의 많고 적음을 조사하여 진 편이 술과 음식을 마련하여 이긴 편에게 사례하였다. 이에 노래와 춤을 비롯한 온갖 놀이가 이루어지니 이를 가배(嘉俳 : 한가위)라고 하였다. 이 때 진 편의 한 여자가 일어나 춤추며 탄식하기를, "회소 회소(會蘇會蘇)"라고 하였는데, 그 소리가 슬프고도 우아하였다. 뒷사람들이 그 소리를 따라 노래를 지어 <회소곡(會蘇曲)>이라고 하였다.[24]

● 물계자가(勿稽子歌)

제10대 내해왕(奈解王) 즉위 17년 임진(212)에 보라국(保羅國)·고자국(古自國)-지금의 고성(固城)-·사물국(史勿國)-지금의 사천(泗川)- 등 8국이 힘을 합하여 변경을 침략하였다. 왕이 태자 날음(捺音)-『삼국사기』에는 내음(柰音)-과 장군 일벌(一伐) 등에게 군사를 거느리고 이를 막게 하였더니 8국이 모두 항복하였다. 이때 물계자(勿稽子)의 군공이 으뜸이었다. 그러나 태자에게 미움을 받아 그 공을 보상받지 못했다. 어떤 사람이 물계자에게 말하기를 "이번 싸움의 공은 오직 그대뿐이다. 그대에게 상이 미치지 않으니 그대는 태자가 미워하는 것을 원망하는가?"라고 하였다. 물계자가 "왕이 위에 계시니 어찌 인신(人臣 : 태자)을 원망하겠나?"라고 하였다. 그 사람이 "그러면 왕에게 아뢰는 것이 좋겠다"고 하였다. 물계자는 "공 때문에 이름을 다투고 자기를 드러내려고 남을 덮는 것은 뜻 있는 선비가 할 바가 아니라네. 애써 때를 기다릴 뿐"이라고 하였다. 10년-20년의 잘못-을미(215)에 골포국(骨浦國)-지금의 합포(合浦 : 창원)- 등 3국의 왕이 각기 군사를 이끌고 갈화(竭火)-굴불(屈弗)인 듯 한데, 지금의 울주(蔚州)-를 공격하였다. 왕이 친히 군사를 거느리고 막으니 3국이 모두 패하였다. 물계자가 수십 명의 목을 베었으나 사람들은 물계자의 공을 말하지 않았다. 물계자가 그의 아내에게 말하기를 "내가 듣건대 왕을 섬기는 도리로 위태로움을 보고는 목숨을 바치고 어려움을 당해서는 자신을 잊고 절의를 지키며 생사를 돌보지 않는 것을 충이라고 하였소. 무릇 보라(保羅)-발라(發羅)인 듯, 지금의 나주(羅州)-와 갈화의 싸움은 참으로 나라의 어려움이었고, 임금의 위태로움이었소. 그런데도 내가 아직 자신을 잊고 목숨을 다하는 용맹이 없었으니, 이것은 대단히 불충한 것이오. 이미 불충으로 임금을 섬기고 그 허물이 아버지께 끼쳤

---

24) 김부식 등, 『삼국사기』 권1 「신라본기」 제1, 유리 이사금(儒理尼師今)

으니, 어찌 효라고 하겠소. 이미 충효의 도리를 잃었으니 무슨 낯으로 다시 세상에 다닐 수 있겠소?"라고 하고는 머리를 풀어헤치고 거문고를 메고 사체산(師彘山)-알 수 없음-으로 들어갔다. 대나무의 곧은 성질을 슬퍼하고 그것에 비유하여 노래를 짓고 졸졸 흐르는 시냇물 소리에 비겨 거문고를 타고 곡조를 짓고 숨어살면서 다시는 세상에 나오지 않았다.25)

● **우식곡(憂息曲)**

박제상(朴堤上)-모말(毛末)이라고도 함. 『삼국유사』에는 김제상(金堤上)은 시조 혁거세(赫居世)의 후예요, 파사이사금(婆娑尼師今)의 5대손이며, 조부는 아도(阿道) 갈문왕(葛文王), 아버지는 물품(勿品) 파진찬(波珍飡)이다. 제상은 벼슬길에 나가 삽량주(歃良州) - 주의 치소(治所)는 지금 양산(梁山) - 의 간(干) 되었다. 이보다 앞서 실성왕(實聖王) 원년 임인(壬寅 : 402)에 왜국(倭國)과 강화(講和)하였는데, 왜국 왕이 내물왕(奈勿王)의 아들 미사흔(未斯欣)을 볼모로 삼기를 청하였다. 왕은 일찍이 내물왕이 자기를 고구려에 볼모로 보낸 것을 한으로 여겨 그의 아들에게 유감을 풀고자 하던 터라 거절하지 않고 보냈다. 또 11년 임자(壬子 : 412)에는 고구려도 미사흔의 형 복호(卜好)를 볼모로 삼고자 하여 대왕은 또 그를 보냈다. 눌지왕(訥祗王)이 즉위하자 말 잘 하는 사람을 구해 보내서 맞이하여 오려고 생각하고 있던 중, 수주촌간(水酒村干) 벌보말(伐寶靺)과 일리촌간(一利村干) 구리내(仇里迺), 이이촌간(利伊村干) 파로(波老) 등 세 사람이 어질고 지혜가 있다는 말을 듣고 불러서 물었다. "나의 아우 두 사람이 왜국과 고구려 두 나라에 볼모가 되어 여러 해가 지나도록

---

25) 일연, 『삼국유사』 권5, 「피은(避隱)」 제8, 물계자. 김부식 등, 『삼국사기』 권48 열전(列傳) 제8, 물계자 참조

돌아오지 못하고 있다. 형제이기 때문에 생각하지 않을 수 없고, 살아서 돌아오기를 바라는데 어찌하면 좋겠는가?" 세 사람이 함께 대답하기를 "저희들이 듣건대 삽량주간 제상이 굳세고 용감하며 지모가 있다 하니 전하의 근심을 풀 수 있을 것입니다"라고 하였다. 이에 제상을 불러 앞으로 나오게 하여 세 신하의 말을 하며 먼 길 떠나주기를 청하였다. 제상이 대답하기를 "제가 어리석고 못났으나 어찌 감히 명을 받들지 않겠습니까"라고 하였다. 드디어 사신의 예를 갖추고 고구려에 들어가 왕에게 말하기를 "제가 듣건대 이웃 나라와 교제하는 도리는 참된 믿음 뿐이라고 합니다. 만일 볼모를 서로 보낸다면 오패(五覇 : 중국 춘추 시대 최고의 다섯 세력가)에도 미치지 못하는 것이니 참으로 말세의 일이라 하겠습니다. 지금 우리 임금의 사랑하는 아우가 여기에 있은 지 거의 10년이나 되니, 우리 임금은 형제가 급한 일에 서로 도와야 하는 마음[척령재원(鶺鴒在原)]으로 두고두고 생각하여 마지않습니다. 만일 대왕이 은혜로 돌려보내 주신다 해도 아홉 마리 소에서 털 하나가 떨어지는 정도와 같아서 손해될 것이 없을 것이고, 우리 임금이 대왕을 큰 덕으로 생각하는 것은 한량이 없을 것입니다. 왕은 잘 생각하옵소서"라고 하였다. 왕은 옳다고 하며 함께 돌아갈 것을 허락하였다. 나라로 돌아오자 대왕이 기뻐하고 위로하여 말하기를 "내가 두 아우를 두 팔과 같이 생각하였는데, 지금 한 팔만 얻었으니 어찌하면 좋을까"라고 하였다. 제상이 대답하기를 "제가 비록 둔한 재주이오나 이미 몸을 나라에 바쳤으니 끝내 왕명을 욕되게 하지 않겠습니다. 그러나 고구려는 큰 나라요 왕 역시 어진 임금이므로 제가 한 마디 말로 깨닫게 할 수 있었지만, 왜인(倭人) 같은 것은 말로 달랠 수는 없으니 거짓 꾀를 써서 왕자를 돌아오게 하겠습니다. 제가 저곳에 가거든 의논하여 저를 나라를 배반한 죄로 결정해서 왜인들이 들어 알게 하소서"라고 하였다. 이에 죽기를 맹세하고 처자도 보지 않고 속포(粟浦) - 율포(栗浦)의 잘못, 지금의 울산(蔚山)-로 가서 배

를 띄워 왜국으로 향하였다. 그의 아내가 듣고 포구로 달려가서 배를 바라
보고 대성통곡하며 "잘 다녀오시오"라고 하였다. 제상은 돌아보며 "내가
왕명을 받아 적의 나라로 들어가니, 그대는 다시 볼 기약을 생각하지 말
라"고 하였다. 바로 왜국으로 들어가서 마치 반역을 하고 온 것 같이 하였
으나 왜국 왕이 의심하였다. 어떤 백제 사람이 앞서 왜국에 들어가 참소하
기를, "신라가 고구려와 함께 왕의 나라를 침공하려고 모의 한다"고 하였
다. 왜가 드디어 군사를 보내어 신라 국경 밖에서 순회 정찰하도록 하였
다. 이때 마침 고구려가 와서 왜의 순라군을 모두 잡아 죽이니, 왜국의 왕
은 백제 사람의 말을 사실로 여겼다. 또 신라왕이 미사흔 및 제상의 가족
을 가두었다는 말을 듣고 제상을 정말 반역한 자로 생각하였다. 이에 군사
를 보내어 신라를 공격하려 하여, 동시에 제상과 미사흔을 장수로 임명하
는 한편 향도로 삼아 바닷속 산도(山島)에 이르렀다. 왜의 여러 장수가 신라
를 멸한 뒤에 제상과 미사흔의 처자를 잡아서 돌아오자고 몰래 의논하였는
데, 제상이 그것을 알고 미사흔과 함께 배를 타고 놀며 고기와 오리를 잡
는 것 같이 하니, 왜인이 그것을 보고 아무런 생각이 없는 것이라고 기뻐
하였다. 여기서 제상은 미사흔에게 가만히 본국으로 돌아가기를 권하니,
미사흔은 "내가 장군을 아버지와 같이 받드는데, 어찌 혼자 돌아가겠는가"
라고 하였다. 제상이 "만일 두 사람이 함께 떠나면 계획이 이루어지지 못
할 것으로 생각됩니다"라고 하니, 미사흔이 제상의 목을 껴안고 울며 작별
하고 돌아섰다. 제상이 혼자 방 안에서 자다가 늦게야 일어나니, 미사흔을
멀리 가도록 하려는 것이었다. 여러 사람이 "장군이 어찌 일어나는 것이
이리 늦은가"라고 하자, 대답하기를 "전날 배를 타고 다니느라 노곤해서
일찍 일어나지 못하였다"고 하였다. 밖으로 나오자, 미사흔이 달아난 것을
알고 드디어 제상을 결박하였다. 그리고 배를 저어 쫓아갔으나 마침 안개
가 자욱하고 어두워서 바라보아도 미치지 못하였다. 제상을 왜국 왕이 있

는 곳으로 돌려보내니, 그를 목도(木島)로 유배하였다가 얼마 뒤에 사람을
시켜 땔나무로 온몸을 불태운 후에 칼로 베었다. 대왕이 이 소식을 듣고
애통하며 대아찬(大阿湌)을 추증(追贈)하고 그 가족에게 후히 물품을 내렸다.
그리고 미사흔은 제상의 둘째 딸에게 장가들어 아내로 삼아 보답하였다.
처음 미사흔이 올 때 6부에 명하여 멀리서 맞이하게 하였고, 만나자 손을
잡고 서로 울었다. 형제들이 모여 술자리를 마련하고 마음껏 즐겼으며, 왕
은 노래와 춤을 스스로 지어 그 뜻을 나타내었으니, 지금 향악의 <우식곡
(憂息曲)>이 그것이다. 26)

참고

　　눌지왕 때 박제상이 왜국에 사신으로 가서 돌아오지 않자 그 아내가 슬
　픔을 이기지 못하여 세 딸을 데리고 치술령(鵄述嶺)에 올라가 왜국을 바라보
　며 통곡하다가 치술령의 신모가 되었다. 「동도악부(東都樂府)」에 <치술령
　곡>이 있다. 27)

---

26) 김부식 등, 『삼국사기』 권45 열전 제5, 박제상(朴堤上). 일연, 『삼국유사』 권1 「기이」 제
　　1, 내물왕(奈勿王) 김제상(金堤上)
27) 박용대(朴容大) 등, 『증보 문헌비고(增補文獻備考)』 권106 「악고」 17 속악부1, 치술령곡
　　(鵄述嶺曲)

● 해론가(奚論歌)

　해론(奚論)은 모량(牟梁) 사람이다. 그 아버지 찬덕(讚德)은 용감한 뜻과 빼어난 절개가 있어 한때 이름이 높았다. 건복(建福) 27년 경오(庚午 : 610)에 진평대왕(眞平大王)이 찬덕을 선발하여 가잠성(椵岑城) 현령으로 삼았다. 이듬해 10월에 백제가 크게 군사를 일으켜 가잠성을 공격하기를 100여 일이나 되었다. 진평왕이 장수에게 명하여 상주(上州 : 상주(尙州))·하주(下州 : 창녕(昌寧))·신주(新州 : 한산주(漢山州))·광주(廣州)의 군사를 거느리고 구원하도록 하여 백제군과 싸우다가 이기지 못하고 돌아왔다. 찬덕이 분해서 군사들에게 말하기를 "3주의 장수가 적이 강한 것을 보고 나아가지 못하여 성이 위태해졌는데도 구원하지 않으니, 이것은 의로움이 없는 것이다. 의로움이 없이 사는 것은 의로움을 가지고 죽는 것만 못하다"고 하고는 격렬하게 한편으로는 싸우고 한편으로는 지켰다. 양식이 떨어지고 물조차 없게 되었는데도, 시체를 뜯어먹고 소변을 받아 마시며 힘써 싸워 게을리 하지 않았다. 정월이 되자 사람들이 이미 지칠 대로 지치고 성이 함락되려 하여 형세가 회복할 수 없게끔 되었다. 그는 이에 하늘을 우러러 크게 외치기를 "우리 임금께서 나에게 한 성을 맡겼는데, 지켜내지 못하고 적에게 패하게 되었다. 죽어서라도 큰 악귀가 되어 백제 사람들을 다 물어죽이고 이 성을 수복하겠다" 하고는 드디어 팔을 휘두르며 눈을 부릅뜨고 달려 나가 부딪쳐 죽으니, 성은 함락되고 군사들은 모두 항복하였다.

　해론은 20여 세에 아버지의 전공으로 대나마(大奈麻)가 되었다. 건복 35년 무인(戊寅 : 618)에 왕이 해론을 금산(金山 : 지금의 금릉군(金陵郡)) 개령면(開寧面) 당주(幢主)로 삼아, 한산주도독(漢山州都督) 변품(邊品)과 함께 군사를 일으켜 가잠성을 습격하도록 하였다. 백제에서 이 사실을 듣고 군사를 거느리고 오니, 해론 등이 반격하여 서로 싸우게 되었다. 이 때 해론이 여러

장수들에게 말하기를 "전에 우리 아버지가 여기에서 세상을 떠났는데, 나
도 지금 백제인과 여기서 싸우게 되었으니, 이것이 내가 죽는 날이다"라고
하고, 드디어 칼을 가지고 적진으로 달려가 여러 사람을 죽이고 자신도 죽
었다. 왕이 듣고 눈물을 흘리며 그 가족들을 넉넉히 보살펴주었다. 당시
사람으로 애도하지 않는 이가 없었고, 그를 위하여 장가(長歌)를 지어 죽음
을 위로하기도 하였다.[28]

● 실혜가(實兮歌)

실혜(實兮)는 대사(大舍) 순덕(純德)의 아들로서, 성품이 강직하여 의롭지
않은 일에는 굴하지 않았다. 진평왕 때 상사인(上舍人)이 되었는데, 그 때
하사인(下舍人)의 하위(下位)인 진제(珍堤)는 그 사람됨이 요사스러워 왕의
사랑을 받았다. 따라서 실혜와는 동료 간이지만 일을 맞이하여 시비를 할
때가 있는데, 실혜는 올바르게 지켜 구차하게 하지 않았다. 진제가 시기하
고 원망하여 여러 번 왕에게 참소하기를 "실혜는 지혜가 없고 담력이 많으
며 기뻐하고 성내기에 급하여, 비록 대왕의 말씀이라도 자기 뜻과 다르면
분을 참지 못하니 다스리지 않으면 난을 일으킬 것입니다. 왜 물리치지 않
으십니까? 굴복하기를 기다렸다가 등용하여도 늦지 않습니다"라고 하였다.
왕이 그렇게 여기고 영림(冷林)으로 내보내어 귀양 벼슬을 하게 하였다. 어
떤 사람이 실혜에게 "그대는 조부 때부터 충성스러운 국가의 인재로 세상
에 알려져 있는데, 지금 아첨하는 신하의 참소와 훼방을 입어, 멀리 죽령
(竹嶺) 밖 궁벽한 땅에서 벼슬하게 되었으니 한탄스럽지 않은가? 어찌 바른
대로 말하여 변명하지 않는가?"라고 하였다. 실혜가 대답하기를 "옛날 중

28) 김부식 등, 『삼국사기』 권47 열전 제7, 해론

국의 굴원(屈原)은 홀로 충직하여 초(楚)나라에서 쫓겨났고, 이사(李斯)는 충성을 다하다가 진(秦)나라에서 극형을 받았다. 그러므로 아첨하는 신하가 임금을 미혹하게 하고 충성된 선비가 배척을 당하는 것은 옛날에도 그러하였으니 어찌 슬퍼할 만하겠나?"라고 하고는 드디어 말을 하지 않고 가서 장가를 지어 마음을 표현하였다.[29]

● 대악(碓樂)

백결선생(百結先生)은 내력이 어떤 사람인지 모른다. 낭산(狼山) 아래에 살았는데, 집이 매우 가난하여 옷이 해져 백 군데나 잡아매어 마치 메추라기를 달아매어 둔 것과 같았으므로, 세상 사람들이 동리(東里)의 백결선생이라 이름 하였다. 일찍이 영계기(榮啓期 : 중국 고대에 거문고 타며 즐기던 신이한 사람)의 사람됨을 사모하여 거문고를 가지고 다니면서 모든 희노애락과 불평한 일을 거문고로 풀었다. 세모(歲暮)가 되어 이웃에서 방아를 찧으니 그의 아내가 방아 찧는 소리를 듣고 말하기를 "남들은 모두 곡식이 있어 방아를 찧는데 우리만 없으니 어떻게 이 해를 보낼까?"라고 하였다. 선생이 하늘을 우러러보며 탄식하기를 "무릇 생사에는 명(命)이 있고 부귀는 하늘에 달렸다. 그 오는 것을 막을 수 없고 가는 것을 따를 수 없거늘 그대는 어째서 상심하는가? 내가 그대를 위하여 방아소리를 내어 위로하겠소"라고 하였다. 이에 거문고를 타며 방아소리를 내니, 세상에서 전하여 이름 하기를 <대악(碓樂)>이라고 하였다.[30]

---

29) 김부식 등, 『삼국사기』 권48 열전(列傳) 제8, 실혜
30) 김부식 등, 『삼국사기』 권48, 열전8, 백결선생

● 달도가(怛忉歌)

　　제21대 비처왕(毗處王)-소지왕(炤智王)이라고도 쓴다- 즉위 10년 무진(戊辰 : 488)에 왕이 천천정(天泉亭)에 거둥하였다. 이때 까마귀와 쥐가 와서 울더니 쥐가 사람의 말을 하여 "이 까마귀가 가는 곳을 찾아보라"고 하였다. -혹은 신덕왕(神德王)이 홍륜사(興輪寺)에 향을 올리려 할 때, 길에서 여러 쥐들이 꼬리를 물고 있는 것을 보고 괴상히 여겨 돌아와 점을 치니 이튿날 먼저 우는 새를 찾으라 하였다고도 한다. 그러나 이 말은 잘못된 것이다- 왕이 말 탄 무사에게 따라가게 하였더니, 남쪽 피촌(避村)-지금의 양피사촌(壤避寺村)으로 남산의 동쪽 기슭에 있다-에 이르러 두 돼지가 싸우는 것을 서서 보다가 갑자기 까마귀가 간 곳을 잃어버리고 길가에서 헤매게 되었다. 이때 한 노인이 못 가운데서 나와 글을 올리니 겉봉에 쓰이기를 '이것을 떼어보면 두 사람이 죽을 것이고 떼어보지 않으면 한 사람이 죽을 것이라'고 되어 있었다. 말 탄 무사가 와서 왕께 드리니 왕이 말하기를 "두 사람이 죽는다면 차라리 떼어보지 않고 한 사람만 죽는 것이 옳겠다"고 하였다. 일관(日官)이 아뢰기를 "두 사람이란 서민이요, 한 사람은 왕입니다"라고 하였다. 왕이 그렇다고 여겨 떼어보니 '거문고 갑을 쏘라'고 쓰어 있었다. 왕이 곧 궁에 들어가 거문고 갑을 쏘았더니 거기에 내전(內殿)에서 향을 올리는 중이 궁주(宮主)와 간통하고 있었다. 두 사람은 목이 베였다. 이로부터 나라의 풍속에 매년 정월 첫 돼지[上亥]·첫 쥐[上子]·첫 말[上午] 날에는 모든 일을 삼가하여 감히 움직이지 않았고, 15일을 오기일(烏忌日)이라 하여 찰밥으로 제사를 지냈는데, 지금도 행하고 있다. 항간에서는 이것을 달도(怛忉)라고 하니, 슬퍼하고 근심해서 모든 일을 금기한다는 뜻이다. 그 못은 서출지(書出池)라고 이름 하였다.[31]

---

31) 김부식 등, 『삼국유사』 권1 기이 제1, 사금갑(射琴匣)

● 천관원사(天官怨詞)

천관사(天官寺)는 오릉(五陵)의 동쪽에 있다. 김유신(金庾信)이 젊을 때 어머니가 날마다 엄한 훈계를 하여 함부로 남들과 사귀지 않더니, 하루는 우연히 창녀(娼女) 집에서 잠을 자게 되었다. 어머니가 훈계하기를, "나는 이미 늙어서 낮이나 밤이나 네가 성장하여 공명을 세워 임금과 어버이를 영화롭게 하기를 바라고 있다. 그런데 지금 네가 천한 아이들과 함께 음란한 술집에서 놀아난단 말이냐?" 하고 울음을 그치지 않았다. 유신은 바로 어머니 앞에서 다시는 그 집 문을 지나가지 않겠다고 맹세하였다. 하루는 술에 흠뻑 취하여 집으로 돌아오는데 말이 전날 다니던 길을 따라 잘못 창녀의 집으로 갔다. 창녀는 한편으로는 반기고 한편으로는 원망하며 울면서 나와 맞이하였다. 유신이 알고는 타고 온 말을 칼로 베고 안장을 버린 채 돌아갔다. 그 여자가 원망하는 노래 한 곡조를 지어 세상에 전해지고 있다. 절은 바로 그 여자의 집이며, 천관(天官)은 그 여자의 이름이다.[32]

● 양산가(陽山歌)

김흠운(金歆運)은 내밀(奈密)왕(奈密勿王)의 8세손이요, 아버지는 달복(達福) 잡찬(迊湌 : 제3위)이었다. 흠운이 어려서 화랑 문노(文努)의 문하에 있을 때 낭도들이, 누구누구가 전사하여 지금까지 이름을 남기고 있다는 말을 하면 흠운은 분개하여 눈물을 흘리며 자기도 그와 같이 되려는 의지를 보였다. 동문(同門) 승려 전밀(轉密)은 "이 사람은 적진에 나가면 반드시 돌아오지 않을 것이다"라고 하였다. 영휘(永徽) 6년(655)에 태종대왕(太宗大王)이 백제와

---

32) 이행(李荇)·홍언필(洪彦弼), 『신증동국여지승람(新增東國輿地勝覽)』 권21 경상도 경주부

고구려가 함께 변경을 침범한 것을 분히 여겨 정벌할 것을 모의하고 군사를 출동할 때 흠운을 낭당대감(郞幢大監)으로 삼았다. 이에 그는 집에서 자지도 않고, 바람에 빗질하고 비에 목욕하면서 군사들과 달고 쓴 것을 함께 하였다. 백제 땅에 당도하여 양산(陽山 : 지금의 영동군(永同郡) 양산면(陽山面)) 아래에 진영을 펼치고 조천성(助川城 : 양산면 비봉산성(飛鳳山城))을 공격하려 할 때, 백제군들이 밤에 갑자기 와서 이른 새벽에 성루에 올라 들어오니, 우리 군사들은 크게 놀라 엎어지고 자빠(踣)지며 진정하지 못하였다. 적이 혼란을 틈타 급히 공격하니 날아오는 화살이 비 쏟아지듯 모여들었다. 흠운이 말을 비껴 타고 창을 잡아 적을 기다리고 있을 때 대사(大舍) 전지(詮知)가 달래기를 "지금 적이 어둠 속에서 움직여 서로 지척 간을 분별할 수 없으니, 공이 죽는다 해도 아무도 알 사람이 없습니다. 더구나 공은 신라의 귀족이요 대왕의 사위이니, 만일 적의 손에 죽는다면 백제의 자랑거리요 우리에게는 매우 부끄러운 일입니다"라고 하였다. 흠운이 말하기를 "대장부가 이미 몸을 나라에 허락하였으니, 사람이 알고 모르는 것은 마찬가지다. 어찌 감히 이름을 구할 것인가"라고 하고 굳게 서서 움직이지 않았다. 종자가 고삐를 쥐고 돌아가기를 권하니, 흠운은 칼을 빼어 휘두르며 적과 싸워 여러 명을 죽이고 죽었다. 이에 대감(大監) 예파(穢破)와 소감(少監) 적득(狄得)도 함께 전사하였다. 보기당주(步騎幢主) 보용나(寶用那)가 흠운이 죽었다는 것을 듣고 말하기를 "그는 귀족이고 권세가 번창하여 사람들이 안타깝게 여기는데도 절개를 지켜 죽었는데, 하물며 나 보용나는 살아도 이익 될 것이 없고, 죽어도 손해 될 것이 없음에 있어서겠는가" 하고, 적진으로 들어가 여러 명을 죽이고 죽었다. 대왕이 듣고 슬퍼하며 흠운과 예파에게는 일길찬(一吉飡)을, 보용나와 적득에게는 대나마(大奈麻)의 지위를 주었다. 세상 사람들이 그 사실을 듣고 <양산가>를 지어 슬퍼하였다.33)

● 무애가(無㝵歌)

원효(元曉)가 이미 파계하여 설총(薛聰)을 낳은 후로는 세속의 옷으로 바꿔 입고 스스로 소성거사(小姓居士)라고 하였다. 우연히 광대를 만나 큰 박을 춤추듯 휘둘렀는데, 그 형상이 기괴하였다. 그 형상대로 한 도구를 만들어 이름을 『화엄경(華嚴經)』의 '일체무애인(一切無㝵人)-한결같이 생사를 벗어난 다'-이라는 것으로 무애(無㝵)라 이름하고 노래를 지어 세상에 퍼뜨렸다. 일 찍이 이를 가지고 수많은 촌락을 돌아다니며 노래하고 춤추고, 감화시키고 노래하며 돌아왔으므로, 가난하고 무지몽매한 중생들까지도 모두 부처의 이름을 알게 하여 누구나 남무(南無) 염불을 할 줄 알았으니 원효의 불법 교화가 컸다.[34]

● 신공사뇌가(身空詞腦歌)

대왕이 인생의 빈궁과 영달이 변하는 이치를 잘 알았으므로 <신공사뇌 가(身空詞腦歌)>를 지었다. 노래는 없어져서 알 수 없다.[35]

● 동경(東京)

<동경(東京)>은 찬미 축복하는 노래다. 혹 신하와 아들이 임금과 아버지 에게, 젊은이들이 어른들에게, 아내가 남편에게 모두 통용되는 노래다. 가

---

33) 김부식 등, 『삼국사기』 권47 열전7 김흠운
34) 일연, 『삼국유사』 권4 의해, 원효불기
35) 일연, 『삼국유사』 권2 「기이」 제2, 원성대왕(元聖大王)

사에 소위 '안강(安康)'이란 즉 계림부에 소속된 현(縣)인데 역시 동경이라고 부른 것은 큰 지명에 통합시킨 것이다.

● 목주(木州)

    <목주(木州)>는 효녀가 지은 노래다. 딸이 아버지와 계모에게 효성스러운 것으로 소문이 났다. 그러나 아버지가 계모의 참소에 현혹되어 딸에게 나가라고 하였다. 딸은 차마 가지 못하고 집에 머물러 있으면서 부모 봉양을 더욱 근면하게 하여 태만하지 않았으나, 그럴수록 부모는 더욱 성을 내어 드디어 내쫓았다. 딸은 부득이 하직하고 떠나갔다. 딸이 어떤 산중에 이르러 석굴 속에 사는 노파를 만나서 그런 사정을 말한 다음 그곳에 있을 것을 청하니 노파가 그의 곤궁한 사정을 불쌍히 여기고 허락하였다. 처녀는 그를 자기 부모인 듯 섬겼다. 그래서 노파의 사랑을 받게 되었고, 그의 아들과 결혼하게 되었다. 그 부부는 한마음으로 근면 절약하여 부자가 되었다. 그 후 딸은 친정 부모가 매우 가난하게 지낸다는 말을 듣고 시집으로 모셔다가 지극히 잘 봉양하였으나, 그 부모는 오히려 기쁘게 생각하지 않았다. 효녀가 이 노래를 지어 자기의 효성이 부족하다고 한탄하였다.

● 여나산(余那山)

    여나산(余那山)은 계림의 경계에 있다. 세상에서 전하기를 "어떤 서생이 이 산에서 글공부를 하여 과거에 급제하고 대단한 집안과 혼인하였다. 뒤에 과거의 시관(試官)이 되었을 때 그의 처가에서 잔치를 베풀고 기뻐서 이

노래를 불렀다"고 한다. 그 후부터 과거 시험을 맡은 사람이 연회를 베풀
때에는 먼저 이 노래를 불렀다.

● 장한성(長漢城)

장한성(長漢城)은 신라의 국경인 한산(漢山) 북녘 한강 상류에 있다. 신라
는 여기에 중진(重鎭)을 두었는데, 뒤에 고구려에 점령당하였다. 신라 사람
들이 무기를 잡고 반격하여 그곳을 다시 찾고 이 노래를 지어 그 공적을
기념하였다.

● 이견대(利見臺)

세상에서 전하는 말에 의하면 "신라 왕 부자가 오랫동안 서로 헤어져 있
다가 만났다. 그때 대를 새로 쌓고 서로 만나 부자 간의 기쁜 심정을 마음
껏 즐기고 이 노래를 지었다. 그 대를 이견대(利見臺)라 이름 하였다"고 한
다. 이는 대개 『주역』의 '이견대인(利見大人)'이라는 문장에서 가져온 뜻일
것이다. 왕 부자가 서로 갈릴 이유가 없었으니, 혹 이웃나라에서 만났거나
혹은 볼모로 아들을 보냈던 것인지도 알 수 없는 일이다.

● 선운산(禪雲山)

장사(長沙) 사람이 병역에 나갔는데 기한이 지나도록 돌아오지 않자, 그의 아내가 남편을 생각하며 선운산(禪雲山)에 올라가 바라보면서 부른 노래다.

● 무등산(無等山)

무등산(無等山)은 광주(光州)의 명산이요, 광주는 전라도의 큰 읍이다. 무등산에 성을 쌓고 주민들이 이 성을 믿고 안락하게 살 수 있었으므로 이 노래를 불렀다.

● 방등산(方等山)

방등산(方等山)은 나주(羅州)에 속한 현인데 장성(長城) 접경에 있다. 신라 말년에 도적이 봉기하여 이 산을 근거지로 삼고 양가(良家) 자녀들을 많이 납치하고 약탈하였다. 그 중에 장일현(長日縣) 여성도 잡혀 갔다. 이 노래를 지어 자기 남편이 즉시 와서 구조하지 않는 것을 풍자하였다.

● 정읍(井邑)

정읍(井邑)은 전주(全州)에 속한 현이다. 고을 사람이 행상을 나간 지 오래 되어도 돌아오지 않자, 그의 아내가 산봉우리 돌 위에 올라서서 바라다보면서 그의 남편이 밤에 다니다가 해를 입지 않을까 염려하여, 그 말을 진흙물에 몸이 더러워진다는 표현으로 노래를 지었다. 세상에서는 등점망부석(登岾望夫石)이 있다고 전한다.

● 지리산(智異山)

구례(求禮)현에 사는 사람의 아내가 얼굴이 아름다웠다. 그는 지리산(智異山)에 살고 있었는데 집은 가난하였으나 며느리의 도리를 다 지켰다. 백제의 왕이 그가 미인이라는 소문을 듣고 데려 가려 하니 그 여자가 이 노래를 짓고 죽기를 맹세하며 복종하지 않겠다는 표현을 하였다.[36]

● 산유화(山有花)

<산유화가(山有花歌)> 1편. 남녀상열지사(男女相悅之詞)로서 음조가 처량하고 구슬퍼 <옥수(玉樹)> - <옥수후정화(玉樹後庭花)>로 중국 남북조 때 진(陳) 나라 후주(後主)가 지은 음란한 가곡. 진 나라 멸망의 계기가 되었다 함 -와 짝할 만하다고 한다.[37]

◢◢ 참고

숙종(肅宗) 무인(1698)년간에 선산부(善山府) 백성의 딸 향랑(香娘)이 일찍 과부가 되어 수절하였다. 그 부모는 그 뜻을 꺾어보려 하였으나, 향랑은 <산유화가>를 지어 불러 뜻을 보이고 낙동강에 몸을 던져 죽었다. 속악부에는 <산유화가곡>이 세상에 전한다.[38]

---

36) 이상 10곡, 정인지 등, 『고려사』 권71 지25 악2, 삼국 속악

37) 박용대 등, 『증보문헌비고』 권246 「예문고」5 부록 가곡류 단편

38) 박용대 등, 『증보문헌비고』 권107 「악고」 18 속악부2

● 내원성(來遠城)

내원성(來遠城)은 정주(靜州)에 있다. 바로 물 가운데 있는 땅인데 북방 오랑캐가 귀순하여 오면 이곳에 두었다. 그래서 그 성 이름을 내원성이라 하였으며 이 노래로 기념하였다.

● 연양(延陽)

연양(延陽)에 어떤 사람이 다른 사람에게 쓰이게 되었다. 그 사람은 죽어서라도 은혜를 갚으려고 하였다. 나무에 비유하여 말하기를 "나무가 불을 만나면 반드시 손상되는 화를 입는다. 그러나 쓰이게 된 것을 대단히 다행으로 여긴다면 비록 불에 타서 재가 될지언정 사양하지 않을 것이다"라고 하였다.

● 명주(溟州)

세상에 전하는 말에 '어떤 서생이 유학(遊學)하다가 명주(溟州)에 이르러 한 양가 처녀를 보았는데 얼굴이 곱고 자못 글도 알았다. 그 서생이 늘 시를 써서 애정을 표하고 말을 붙였더니 처녀가 대답하기를 "여자란 남자를 따른다는 것을 잊지 않지만 당신이 과거에 급제하고 부모의 승낙을 받았을 때라야 일이 성공될 것이오"라고 하였다. 서생은 즉시 서울로 가서 과거 공부를 하였다. 한편 처녀의 집에서는 사위를 맞이하려고 하였다. 처녀가 평소에 못으로 나가서 물고기에게 밥을 주곤 하였으므로 물고기들은 그 처녀의 기침소리만 나면 꼭 모여 와서 밥을 받아먹었다. 이날 처녀가 물고기에게 밥을 주면서 말하기를 "내가 너희들을 기른 지도 오랬으니 응당 나의 뜻도 알 것이다"라고 하면서 비단에 쓴 편지를 물에 던지니 큰 물고기 한 마리가 펄떡 뛰면서 편지를 받아 물고 유유히 갔다. 서생이 서울에서 어느 날 부모가 먹을 찬을 사러 저자에 갔다가 물고기를 샀다. 집에 돌아 와서 배를 가르다가 비단에 쓴 편지를 얻고는 한편으로 놀라고 한편으로 이상히 여겼다. 즉시 그 편지와 아버지의 글을 가지고 지름길을 택하여 그 처녀의 집으로 달려가니 사위가 벌써 그 집 문 앞에 와 있었다. 서생이 그 편지를 처녀의 집 사람들에게 보이고 드디어 이 곡을 노래하였다. 처녀의 부모들도 이상스럽게 여기고 말하기를 "이것은 정성에 감동된 것이지 사람의 힘으로 할 수 있는 것이 아니다"라고 하고는 그 사위를 돌려보내고 서생을 사위로 맞았다'고 한다.[39]

---

39) 이상 3곡, 『고려사』 권71 지25 악2, 삼국 속악

제 2 장

향가(鄕歌)

1. 신라 향가

● 서동요(薯童謠)

善花公主니믄	선화공주님은
늠그스지 얼어두고	남몰래 정 통해 두고
맛둥바 올	맛둥방을
바믹 몰 안고가다	밤에 몰래 안고 가다

〈양주동〉

善花公主니리믄	선화공주님은
늠 그슥 어러 두고	남 몰래 짝 맞추어 두고
薯童 방올	서동 방을
바매 알흘 안고 가다	밤에 알을 안고 간다

〈김완진〉

🌀 참고

무왕(武王)

　고본(古本)에는 무강(武康)이라 하였으나 잘못된 것이다. 백제에는 무강이 없다.

　제30대 무왕의 이름은 장(璋)이다. 어머니가 과부가 되어 서울 남쪽 못 가에 집을 짓고 살면서 못의 용과 교통하여 장을 낳았다. 아명은 서동(薯童)이라 하였는데 그 도량이 커서 헤아리기가 어려웠다. 항상 마를 캐어 팔아서 생활 하였으므로, 나라 사람들이 이로 인해 이름을 지었다. 신라 진평왕(眞平王)의 셋째 공주 선화(善花)-선화(善化)라고도 쓴다-가 아름답기 짝이 없다는 말을 듣고 머리를 깎고 서울로 가서 마를 동네 아이들에게 먹이니 아이들이 가까워져 따르게 되었다. 이에 동요를 지어 여러 아이들에게 부르게 하였다. '善化公主主隱 他密只嫁良置古 薯童房乙夜矣夘乙抱遣去如' 동요가 서울에 퍼져 대궐에까지 알려지니 백관(百官)이 임금에게 강하게 말하여 공주를 먼 곳으로 귀양 보내게 하였다. 떠나려 할 때 왕후가 순금 한 말을 노자로 주었다. 공주가 귀양처로 갈 때 서동이 도중에서 나와 맞이하여 모시고 가고자 하였다. 공주는 그가 어디서 왔는지는 몰랐으나 우연한 만남을 믿고 기뻐하며 따라가서 몰래 정을 통하였다. 그 후에야 서동의 이름을 알고 동요가 맞은 것을 알았다. 함께 백제로 와서 어머니가 주신 금을 내어 살아갈 계획을 세우니 서동이 크게 웃으며 "이것이 무엇이오?"라고 하였다. 공주가 "이것은 황금이니 백 년의 부를 이룰 것이오"라고 하였다. 서동은 "내가 어려서부터 마를 파던 곳에 황금을 흙처럼 쌓아 놓았소"라고 하였다. 공주가 듣고 크게 놀라며 "그것은 천하의 최고 보배이니, 그대가 지금 그것이 있는 곳을 알거든 그 보물을 부모님의 궁전에 보내는 것이 어떻겠소?"라고 하였다. 서동이 옳다고 하고 금을 모아 언덕처럼 쌓아 놓고 용화산(龍華山) 사자사(師子寺)의 지명법사(知命法師)에게 가서 금을 수송할 방책을 물었다. 법사는 "내가 신통력으로 보낼 테니 금을 가져오시오"라고 하였다. 공주가 편지를 써서 금과 함께 사자사 앞에 갖다 놓으니 법사가 신통력으로 하룻밤 사이에 신라 궁중에 갖다 두었다. 진평왕이 그 신비로운 변화를 기이하게 여

겨 더욱 존경하며 항상 편지를 보내어 안부를 물었다. 서동이 이로부터 인
심을 얻어 왕위에 올랐다. 하루는 왕이 부인과 함께 사자사에 가다가 용화
산 아래의 큰 못가에 이르자, 못 안에서 미륵삼존(彌勒三尊)이 나타나므로
수레를 멈추고 공경의 예를 표하였다. 부인이 왕에게 "이곳에 큰 절을 짓는
것이 참으로 저의 소원입니다"라고 하였다. 왕이 허락하고 지명에게 가서
못을 메우는 것에 대해 물었더니, 신통력으로 하룻밤에 산을 무너뜨려 못을
메우고 평지로 만들었다. 미륵삼상(彌勒三像)과 회전(會殿)·탑·낭무(廊廡)
를 각각 세 곳에 세우고 편액에 적기를 미륵사(彌勒寺)-국사(國史)에는 왕흥
사(王興寺)라 하였다-라 하니 진평왕이 수많은 장인을 보내어 도와 주었다.
지금까지 그 절이 있다. -『삼국사기』에는 이 사람을 법왕(法王)의 아들이
라 하였는데, 여기에는 홀로된 여자의 아들이라고 전하니 자세하지 않다.[40]

---

40) 일연, 『삼국유사』「기이(紀異)」 제2

● 혜성가(彗星歌)

네 싀ㅅ믌ㄱ 乾達婆이

노론 잣흘란 ᄇ라고

예ㅅ 軍두 옷다

燧ᄉ얀 ㄱ 이슈라

三花이 오롬보샤올 듣고

ᄃ두 ᄇ즈리 혀릴바애

길쁠 별 ᄇ라고

彗星여 슬ᄫᅥ 사ᄅ미 잇다

아으 ᄃᆞᆯ 아래 ᄠᅥ갯더라

이 어우 므슴ㅅ 彗ㅅ기 이실꼬

예전 동해 물가 건달파의

놀던 성일랑 바라보고

왜군도 왔다

봉화를 든 변방이 있어라

세 화랑의 산 구경 오심을 듣고

달도 부지런히 등불을 켜는데

길쓸별을 바라보고

혜성이여라고 사뢴 사람이 있구나

아아 달은 저 아래로 떠갔더라

이 보아 무슨 혜성이 있을꼬

<양주동>

너리 실 믌곳

乾達婆이 노론 자슬랑 ᄇ라고

어릿 軍도 왯다

홰 틴얀 어여 수프리야

三花이 오롬 보시올 듣고

드라라도 ᄀ르ᄀᆺ이 자자릴 바애

길 쁠 벼리 ᄇ라고

彗星이여 슬ᄫᅡ녀 사ᄅ미 잇다

아야 드라라 ᄠᅥ갯드야

이에 버믈 므슴ㅅ 彗ㅅ 다ᄆᆞ닛고

옛날 동쪽 물가

건달파의 논 성을랑 바라고

왜군도 왔다

횃불 올린 어여 수풀이여

세 화랑의 산보신다는 말씀 듣고

달도 갈라 그어 잦아들려 하는데

길쓸별 바라고

혜성이여 하고 사뢴 사람이 있다

아아 달은 떠가 버렸더라

이에 어울릴 무슨 혜성을 함께 하였읍니까

<김완진>

참고

융천사(融天師) 혜성가(彗星歌) 진평왕대

제5 거열랑(居烈郞), 제6 실처랑(實處郞)-혹은 돌처랑(突處郞)이라고도 한다
-, 제7 보동랑(寶同郞) 등 세 화랑이 풍악(楓岳)을 유람하려 하였는데, 혜성
이 심대성(心大星)을 침범하였다. 화랑들이 꺼림칙하여 가는 것을 그만두려
고 하였다. 이때 융천사(融天師)가 향가를 지어 부르니, 혜성의 변괴가 바로
사라지고 일본 군사가 자기 나라로 돌아가서 도리어 복이 되었다. 대왕이
기뻐서 화랑들을 풍악에 놀러 보냈다. 향가는 '舊理東尸汀叱 乾達婆矣遊烏隱城
叱肹良望良古 倭理叱軍置來叱多烽燒邪隱邊也藪耶 三花矣岳音見賜烏尸聞古 月置八
切爾數於將來尸波衣 道尸掃尸星利望良古 彗星也白反也人是有叱多 後句 達阿羅浮
去伊叱等邪 此也友物北所音叱彗叱只有叱故'이다.[41]

―――

41) 일연, 『삼국유사』「감통(感通)」 제7

● 풍요(風謠)

오다 오다 오다	오다 오다 오다
오다 서럽다라	오다 서럽더라
서럽다 의내여	서럽다 우리들이여
功德 닷ᄀ라 오다	공덕 닦으러 오다

<양주동>

오다 오다 오다	온다 온다 온다
오다 셜ᄫᆫ 해라.	온다 서러운 이 많아라
셜ᄫᆫ 하늬 물아.	서러운 중생의 무리여
功德 닷ᄀ라 오다	공덕 닦으러 온다

<김완진>

◢◢ 참고

양지(良志)가 석장(錫杖)을 부리다

　승려 양지(良志)는 그 조상과 고향은 자세하지 않고 오직 선덕왕(善德王) 조에 자취를 나타냈다. 석장(錫杖) 위에 포대 하나를 걸어두면 석장이 저절로 날아 시주(施主)의 집에 가서 흔들리며 소리를 내었다. 그 집에서 알고 재를 올릴 비용을 넣었는데, 포대가 차면 날아 돌아왔다. 그러므로 그가 있던 곳을 석장사(錫杖寺)라고 하였다. 그의 헤아릴 수 없는 신이함이 모두 이와 같았다. 잡다한 기예에도 두루 통하여 신묘함이 비길 바 없었으며 또한 글씨를 잘 썼다. 영묘사(靈廟寺)의 장륙삼존(丈六三尊), 천왕상(天王像), 전탑(殿塔)의 기와와 천왕사(天王寺) 탑 아래의 팔부신장(八部神將)과 법림사(法林寺)의 주불삼존(主佛三尊), 좌우 금강신(金剛神) 등이 모두 그가 빚은 것이다.

영묘사와 법림사의 현판을 썼다. 또 일찍이 벽돌을 조각하여 하나의 작은 탑을 만들고, 거기에 3천불을 새겨 그 탑을 절 안에 모시고 공경을 다하였다. 그가 영묘사의 장륙상을 빚을 때 입정(入定)하여 망령된 생각에서 벗어난 바른 마음으로 주물러 만들었으므로, 성 안의 남녀들이 다투어 진흙을 날랐다. 풍요는 '來如來如來如 來如哀反多羅 哀反多矣徒良 功德修叱如良來如'이다. 지금도 고을 사람들이 방아를 찧거나 일을 하면서 모두 그것을 노래하니, 대개 여기서 시작되었다. 상을 처음 만든 비용으로 곡식 2만3천7백 석이 들었다. -어떤 사람은 금칠을 다시 할 때의 비용이라고도 한다- 논평한다. "스님은 재주가 완전하고 덕이 충만하니, 학문과 견식이 하찮은 기예에 숨어버린 사람이라고 하겠다". 찬(讚)한다.

재를 마치니 불당 앞에 석장이 한가롭고	齋罷堂前錫杖閑
고요한 몸가짐 향로에 스스로 단향을 태운다	靜裝爐鴨自焚檀
못다 읽은 경전을 읽고 나면 남은 일이 없으니	殘經讀了無餘事
부처님 모습을 빚어 합장하고 뵙는다	聊塑圓容合掌看[42]

---

42) 일연, 『삼국유사』 「의해(義解)」 제5

● 원왕생가(願往生歌)

돌하 이데	달아 이제
西方ᄭᆞ장 가샤리고	서방까지 가서서
無量壽佛前에	무량수불 앞에
닏곰다가 ᄉᆞᆲ고샤셔	일러다 사뢰소서
다딤 기프샨 尊어히 울워러	다짐 깊으신 부처님을 우러러
두손 모도호ᄉᆞᆯ바	두 손 모아
願往生 願往生	왕생을 바랍니다 왕생을 바랍니다
그릴사ᄅᆞᆷ 잇다 ᄉᆞᆲ고샤셔	그리워하는 사람 있다고 사뢰소서
아으 이몸 기텨 두고	아아 이 몸을 남겨 두고
四十八大願 일고샬까	사십팔대원을 이루실까

〈양주동〉

ᄃᆞ라리 엇뎨역	달이 어째서
西方ᄭᆞ장 가시리고	서방까지 가시겠읍니까
無量壽佛前의	무량수불 전에
ᄀᆞᆺ곰 함ᄌᆞᆨ ᄉᆞᆲ고쇼셔	보고의 말씀 빠짐없이 사뢰소서
다딤 기프신 ᄆᆞᄅᆞ옷 ᄇᆞ라 울워러	서원 깊으신 부처님을 우러러 바라보며
두 손 모도 고조ᄉᆞᆯ바	두 손 곧추 모아
願往生願往生	원왕생원왕생
그리리 잇다 ᄉᆞᆲ고쇼셔	그리는 이 있다 사뢰소서
아야 이 모마 기텨 두고	아아 이 몸 남겨 두고
四十八大願 일고실가	사십팔대원 이루실까

〈김완진〉

참고

광덕(廣德) 엄장(嚴莊)

문무왕(文武王) 대에 승려 광덕(廣德)과 엄장(嚴莊)이라는 두 사람이 서로 친하여 밤낮으로 약속하기를 먼저 극락으로 가는 사람은 반드시 알리자고 하였다. 광덕은 분황사(芬皇寺)의 서쪽 마을 - 혹은 황룡사(皇龍寺)에 서거방 (西去房)이 있다고 하니 어느 것이 옳은지 모르겠다-에 숨어 살며 신 삼는 일을 하며 처자를 데리고 살았다. 엄장은 남악(南岳)에 암자를 짓고 살면서 화전 농사를 지었다. 어느 날 해 그림자가 붉은 빛을 띠고 소나무 그늘이 고요히 저무는데, 창 밖에 소리가 나 말하기를 "누구는 이미 서쪽으로 가니 그대는 잘 있다가 속히 나를 따라오라"고 하였다. 엄장이 문을 열고 나가보 니 구름 저 밖으로 하늘의 음악 소리가 나고 광명이 땅에 뻗쳤다. 다음날 엄장이 광덕이 지내던 곳을 찾아갔더니 광덕은 과연 죽어 있었다. 이에 그 의 아내와 함께 유해를 거두어 무덤을 만들고 나서 그의 아내에게 말하기를 "남편이 죽었으니 같이 사는 것이 어떻겠소"라고 하였다. 그의 아내가 좋다 고 하자 드디어 밤에 머물러 자면서 정을 통하려 하였다. 아내가 부끄러워 하면서 말하기를 "스님께서 서방정토를 구하는 것은 나무에 올라 고기를 구 하는 것이라고 하겠습니다"라고 하였다. 엄장이 놀라 괴이하게 여기며 묻기 를 "광덕이 이미 그랬는데 나는 어찌 꺼려하오"라고 하였다. 아내가 말하기 를 "남편과 저는 10여 년을 함께 살았으나 아직 하룻저녁도 잠자리를 같이 하지 않았습니다. 하물며 더러운 짓을 하였겠습니까? 매일 밤 단정하게 앉 아 한결같이 아미타불(阿彌陀佛)을 외거나, 16관(觀)을 지어 관이 익숙해지 고 밝은 달이 창으로 들어오면 그 빛 위에 올라 가부좌를 하였을 뿐입니다. 이와 같이 정성을 다하였으니 비록 서방정토로 가지 않으려 해도 어디로 가 겠습니까? 대개 천리를 가는 자는 그 첫걸음으로 알 수 있습니다. 지금 스 님의 관은 동쪽이라고 할 수 있을지언정 서쪽이 아닌 것은 알 수 있습니다" 라고 하였다. 엄장이 부끄러워 물러나와 바로 원효법사(元曉法師)가 있는 곳 으로 가서 참된 도를 간절히 구하였다. 원효가 정관법(淨觀法)을 지어 지도 하였더니, 엄장이 그제야 몸을 깨끗이 하고 뉘우쳐 스스로 꾸짖으며 한 마음으로 관을 닦아 또한 극락으로 갔다. 정관법은 『원효법사본전(元曉法師本傳)』
과 『해동고승전(海東高僧傳)』에 있다. 그 부인은 바로 분황사(芬皇寺)의 종으
로 아마 19응신(應身) 가운데 하나일 것이다. 광덕은 일찍이 노래를 하였다.
'月下伊底亦 西方念丁去賜里遺 無量壽佛前乃 惱叱古音⁴³⁾多可支白遺賜立 誓音深史
隱尊衣希仰支 兩手集刀花乎白良願往生願往生 慕人有如白遺賜立阿邪 此身遺也置遺
四十八大願成遺賜去'⁴⁴⁾

---

43) 원문에는 '鄕言云報言也' 즉 "우리말로 '알리다'이다"라는 주가 달려 있다.
44) 일연, 『삼국유사』 「감통」 제7

● 모죽지랑가(慕竹旨郎歌)

간봄 그리매   간 봄 그리워하매
모든것사 우리 시름   모든 것이야 서러워 시름하는데
아름 나토샤온   아름다움 나타내신
즈싀 살쯈 디니져   얼굴이 주름살을 지니려 하옵니다
눈 돌칠 스이예   눈 돌이킬 사이에나마
맛보옵디 지소리   만나뵙도록 만들겠습니다
郎이여 그릴ᄆᅀ미 녀올길   낭이여 그릴 마음의 갈 길
다봇ᄆᅀᄋᆞᆯ히 잘밤 이시리   다북쑥 우거진 마을에 잘 밤이 있겠습니까
                              <양주동>

간 봄 몯 오리매   지나간 봄 돌아오지 못하니
모들 기스샤 우롤 이 시름   살아 계시지 못하여 우울 이 시름
마둠곳 ᄇᆞᆯ기시온   전각을 밝히오신
즈싀 히 혜나삼 헐니져   모습이 해가 갈수록 헐어 가도다
누늬 도랄 업시 더옷   눈의 돌음 없이 저를
맛보기 엇디 일오아리   만나보기 어찌 이루리
郎이여 그릴 ᄆᅀ미 즛 녀올 길   낭 그리는 마음의 모습이 가는 길
다보짓 굴헝히 잘 밤 이샤리   다복 굴헝에서 잘 밤 있으리
                              <김완진>

참고

효소왕(孝昭王)대 죽지랑(竹旨郎)—죽만(竹曼)이라고도 쓰고 또는 지관(智官) 이라고도 한다.

제32대 효소왕(孝昭王) 때에 죽만랑(竹曼郎)의 낭도 가운데 득오(得烏)-득 곡(得谷)이라고도 함-급간(級干)이 있었다. 풍류황권(風流黃卷)에 이름을 올 려두고 날마다 출근하였는데, 한 열흘 동안 나타나지 않았다. 죽지랑이 그 의 어머니를 불러 아들이 어디 있는가를 물었다. 그의 어머니가 말하기를 "당전(幢典)인 모량(牟梁)의 익선(益宣) 아간(阿干)이 제 아들을 부산성(富山城) 의 창고지기로 뽑아가 급히 가느라 낭에게 알릴 틈이 없었습니다"라고 하였 다. 낭이 말하기를 "그대의 아들이 만일 개인적인 일로 그곳에 갔다면 반드 시 찾아보지 않아도 되겠지만 공적인 일로 갔다니 가서 대접해야 할 것입니 다"라고 하였다. 설병(舌餠) 한 합과 술 한 병을 가지고 좌인(左人)-우리말로 개질지(皆叱知)라고 하는데, 노복(奴僕)을 말함-을 거느리고 가는데, 낭의 무 리 137명도 의례를 갖추고 따랐다. 부산성에 이르러 문지기에게 득오실(得 烏失)이 어디 있느냐고 물었더니, 지금 익선의 밭에서 관례에 따라 부역하고 있다고 하였다. 낭이 밭으로 찾아가 가지고간 술과 떡을 먹이고 익선에게 휴가를 얻어 같이 돌아가도록 청하였으나, 익선이 굳이 거부하여 허락하지 않았다. 이때 사리(使吏) 간진(侃珍)이라는 사람이 추화군(推火郡) 능절(能節) 의 조(租) 30석을 거두어 성 안으로 수송하다가, 낭이 선비를 중히 여기는 풍미(風味)를 아름답게 여기고, 익선이 꼭꼭 막혀 통하지 않는 것을 더럽게 여겨, 가지고 가던 30석을 익선에게 주고 도움을 청하였다. 그래도 허락하 지 않자 또 사지(舍知) 진절(珍節)의 기마(騎馬)와 안장을 주었더니 그제야 허락하였다. 조정의 화주(花主)가 이 말을 듣고 사람을 보내어 익선을 잡아 다 그 더럽고 추한 것을 씻어주려 하였다. 익선이 달아나 숨자 그의 맏아들 을 잡아갔다. 그때는 한겨울 몹시 추운 날이었는데, 성 안 못에서 목욕을 시 켰더니 얼어 죽었다. 대왕은 그 말을 듣고 모량리 사람으로 벼슬하는 자는 모두 몰아내어 다시는 관공서에 발을 붙이지 못하게 하고, 검은 옷을 입지 못하게 하였다. 승려가 된 자라면 종을 치고 북을 울리는 절에는 들어가지

못하게 하였다. 간진의 자손은 대대로 마을의 사무를 보도록 하여 표창하였
다. 이때 원측법사(圓測法師)는 우리나라의 큰 승려였지만 모량리 사람이었
기 때문에 승직(僧職)을 주지 않았다.

처음에 술종공(述宗公)이 삭주도독사(朔州都督使)가 되어 임지로 가게 되
었는데, 당시 우리나라에 전쟁이 있어 기병 3천으로 호송하였다. 행차가 죽
지령(竹旨嶺)에 이르니 한 거사가 그 고갯길을 닦고 있었다. 공이 그것을 보
고 감탄하며 아름답게 여겼다. 거사도 공의 위세가 매우 빛나는 것을 좋게
여겨 서로 마음을 움직였다. 공이 임지로 간지 한 달이 되었을 때 꿈에 거
사가 방안으로 들어오는 것을 보았는데, 아내도 같은 꿈을 꾸어 더욱 놀라
고 괴이하게 여겼다. 이튿날 사람을 보내어 그 거사의 안부를 물었더니, 그
사람이 '거사가 죽은 지 며칠 되었다'고 하였다. 갔던 사람이 돌아와 거사의
죽음을 알렸는데, 그가 죽은 것과 꿈을 꾸던 것이 같은 날이었다. 공이 말하
기를 "아마 거사가 우리 집에 태어날 것이다"라고 하고 다시 병사를 보내어
고개 위 북쪽 봉우리에 장사지내고 돌미륵 하나를 만들어 무덤 앞에 세웠
다. 아내는 과연 꿈을 꾼 날부터 태기가 있더니 아이를 낳으니 죽지(竹旨)라
고 이름 하였다. 자라서 벼슬에 나아가 유신공(庾信公)과 함께 부수(副帥)가
되어 삼한을 통일하였다. 진덕(眞德)·태종(太宗)·문무(文武)·신문(神文)
등 4대에 걸쳐 재상이 되어 나라를 안정시켰다.

처음에 득오곡이 낭을 사모하여 노래를 지었다. '去隱春皆理米 毛冬居叱沙
哭屋尸以憂音 阿冬音乃叱好支賜烏隱 皃史年數就音墮支行齊 目煙廻於尸七史伊衣
逢烏支惡知作乎下是 郎也慕理尸心未 行乎尸道尸 逢次叱巷中宿尸夜音有叱下是'[45]

45) 일연, 『삼국유사』 「기이」 제2

● 헌화가(獻花歌)

딛배 바회 ᄀᆞᆺ희	자줏빛 바위 끝에
자ᄇᆞᆫ온손 암쇼 노히시고	잡은 암소 놓게 하시고
나홀 안디 븟ᄒᆞ리샤ᄃᆞᆫ	나를 아니 부끄러워하시면
곶홀 것가 받ᄌᆞᄫᆞ리이다	꽃을 꺾어 받들겠습니다

<양주동>

지븨 바회 ᄀᆞᆺ새	자주빛 바위 가에
자ᄇᆞᆫ몬손 암쇼 노히시고	잡고 있는 암소 놓게 하시고
나를 안디 븟그리샤ᄃᆞᆫ	나를 아니 부끄러워하시면
고줄 것거 바도림다	꽃을 꺾어 바치오리다

<김완진>

🔺 참고

수로부인(水路夫人)

성덕왕(聖德王) 때 순정공(純貞公)이 강릉(江陵)-지금의 명주(溟州)-태수(太守)로 가다가 바닷가에서 점심을 먹었다. 곁에 바위 봉우리가 있었는데, 병풍처럼 바다를 둘렀고 높이는 천 길이나 되었다. 위에는 철쭉이 활짝 피어 있었다. 공의 부인 수로(水路)가 그것을 보고 주위 사람들에게 "꽃을 꺾어 바칠 사람이 그 누구일까?"라고 하였다. 따르던 사람들은 사람의 발이 닿지 않는 곳이라 모두 할 수 없다고 사양하였다. 곁에 한 늙은이가 암소를 끌고 지나다가 부인의 말을 듣고 꽃을 꺾고 또한 노래를 지어 그것을 바쳤다. 그 늙은이는 어떠한 사람인지 알 수 없었다. 편안히 이틀 길을 가니 또 바닷가 정자가 있어 점심을 먹을 때, 바다용이 갑자기 부인을 잡아 바다 속으로 들어갔다. 공이 엎어지면서 발을 굴렀으나 구출할 계책이 없었다. 다시 어떤 노인이 "옛 사람들의 말에 많은 사람의 입은 쇠를 녹인다고 하였으니 지금 바다 속 짐승이 어찌 많은 사람의 입을 두려워하지 않겠습니까? 경내의 백성을 나오게 하여 노래를 지어 부르면서 막대로 언덕을 치면 부인을 찾을 수 있을 것입니다"라고 하였다. 공이 그 말대로 하였더니 용이 부인을 받들고 바다에서 나와 바쳤다. 공이 부인에게 바다 속에서의 일을 물었더니, 부인이 말하기를 "칠보 궁전에 음식은 달콤하고 부드럽고 향기롭고 깨끗하여 인간 세상의 음식이 아니었습니다"라고 하였다. 부인의 옷에는 기이한 향기가 스며있었으니, 세상에서 맡아볼 수 없는 것이었다. 수로는 절세의 미인이라 깊은 산과 큰 못을 지날 때마다 여러 차례 귀신같은 것들에게 붙들려 가니, 많은 사람들이 <해가(海歌)>를 불렀다. 그 가사는 다음과 같다. '龜乎龜乎出水路 掠人婦女罪何極 汝若悖逆不出獻 入網捕掠燔之喫'

노인의 <헌화가>는 다음과 같다. '紫布岩乎過希執音乎手母牛放敎遣 吾肹不喩慚肹伊賜等 花肹折叱可獻乎理音如'[46]

46) 일연, 『삼국유사』「기이」제2

● 원가(怨歌)

믇히 자시	뜰의 잣이
ᄀᆞᆯ 안ᄃᆞᆯ 이우리 디매	가을에 안 시들어지매
너 엇뎨 니저 이신	너를 어찌 잊어 하신
울월던 ᄂᆞ치 겨샤온ᄃᆡ	우러르던 낯이 계시온데
ᄃᆞᆳ그림제 녯 모샛	달 그림자가 옛 못의
녈 믌결 애와티ᄃᆞᆺ	가는 물결 원망하듯이
ᄌᆞᇫᅀᅡ ᄇᆞ라나	얼굴이사 바라보나
누리도 아쳐론 데여	누리도 싫은지고
後句亡	뒷구가 사라짐

<양주동>

갓 됴히 자시	질좋은 잣이
ᄀᆞᆯ 안ᄃᆞᆯ곰 ᄆᆞᄅᆞ디매	가을에 말라 떨어지지 아니하매
너를 하니져 ᄒᆞ시ᄆᆞ론	너를 중히 여겨 가겠다 하신 것과는 달리
울월던 ᄂᆞ치 가시시온 겨ᅀᅳ레여	낯이 변해 버리신 겨울에여
ᄃᆞ라리 그르메 ᄂᆞ린 못ᄀᆞᆺ	달이 그림자 내린 연못 갓
녈 믌겨랏 몰애로다	지나가는 물결에 대한 모래로다
즈ᅀᅵᆺ ᄇᆞ라나	모습이야 바라보지만
누리 모ᄃᆞᆫ갓 여희온ᄃᆡ여	세상 모든 것 여희여 버린 처지여
後句亡	뒷구가 사라짐

<김완진>

🔖 참고

신충(信忠)이 벼슬을 그만두다

효성왕(孝成王)이 왕이 되기 전에 어진 선비 신충(信忠)과 궁궐 잣나무 아래에서 바둑을 두었다. 어느 날 말하기를 "다음에 만약 그대를 잊는다면 저 잣나무가 증거가 될 것이다"라고 하자 신충이 일어나 절하였다. 몇 달 뒤에 왕이 즉위하여 공신들에게 상을 주면서 신충을 잊고 차례에 넣지 않았다. 신충이 원망하며 노래를 지어 잣나무에 붙였더니, 나무가 갑자기 시들어버렸다. 왕이 이상하게 여겨 그것을 살펴보게 하였더니 노래를 가져다 바쳤다. 왕이 크게 놀라 "정사를 처리하느라 각궁(角弓)[47]을 잊을 뻔하였다"고 하고 그를 불러 벼슬을 주었더니 잣나무가 다시 살아났다. 그 노래는 다음과 같다. '物叱好支栢史 秋察尸不冬爾屋支墮米 汝於多支行齊敎因隱 仰頓隱面矣改 衣賜乎隱冬矣也 月羅理影支古理因淵之叱 行尸浪 阿叱沙矣以支如支 皃史沙叱望阿 乃 世理都 之叱逸鳥隱弟也 後句亡' 이런 연유로 총애가 두 왕대에 두터웠다.

경덕왕(景德王)-왕은 바로 효성왕의 아우다- 22년 계묘(763)에 신충이 두 벗과 서로 약속한 뒤 벼슬을 버리고 남악(南岳)으로 들어갔다. 다시 불러도 나오지 않고 삭발하고 중이 되어 왕을 위하여 단속사(斷俗寺)를 세우고 지내며 죽을 때까지 속세를 떠나 대왕의 복을 빌고자 하니 왕이 허락하였다. 금당(金堂) 뒷벽에 남은 진영(眞影)이 바로 그것이다. 남쪽에 속휴(俗休)라는 촌이 있었는데 지금은 소화리(小花里)라고 잘못 전해진다.-「삼화상전(三和尙傳)」에 살펴보면 신충봉성사(信忠奉聖寺)가 있는데 이것과 서로 혼동된다. 그러나 신문왕(神文王) 대에서 경덕왕 대까지를 헤아려보면 100여 년이 된다. 하물며 신문왕과 신충이 지난 세생[宿世]의 인연이 있다는 사실은 이 신충이 아닌 것이 명백하다. 잘 살펴야 한다- 또 다른 기록에는 경덕왕 대에 직장(直長) 이준(李俊)-고승전에는 이순(李純)이라고 되어 있다-이 발원하기를 50세가 되면 출가하여 절을 짓겠다고 하였다. 천보(天寶) 7년 무자(748)

---

47) 『시경(詩經)』 <소아(小雅)>에 '각궁 8장'이 있는데 임금이 구족(九族)을 잘 꾸려나가지 못하여 종친들이 서로 원망한 시 또는 형제간의 우애를 노래한 시다.

에 50세가 되자 조연소사(槽淵小寺)를 개창하여 큰 사찰로 만들어 단속사라고 하고는 자신도 삭발하고 법명을 공굉장로(孔宏長老)라 하고 절에서 지낸지 20년 만에 죽었다고 한다. 앞의 『삼국사기』에 실린 것과 같지 않으니 두 가지를 실어 의심을 없애고자 한다. 찬하기를

공명은 다하지 않았는데 살쩍이 먼저 세고	功名未已鬢先霜
임금의 총애 비록 많아도 바빠라 백세로구나	君寵雖多百歲忙
강 언덕 저편의 산이 자주 꿈속으로 들어오니	隔岸有山頻入夢
가서 향화를 올려 우리 임금 복을 빌지어다	逝將香火祝吾皇[48]

---

48) 일연, 『삼국유사』 「피은(避隱)」 제8

● 도솔가(兜率歌)

오늘 이에 散花 블어   오늘 이에 산화를 불러
색쏠볼 고자 너는   뿌려진 꽃아 너는
고둔 무스미 命ㅅ 브리웁디   곧은 마음의 명을 부리웁기에
彌勒座主 뫼셔라   미륵좌주를 모셔라

<양주동>

오늘 이에 散花 블러   오늘 이에 산화 불러
보보술볼 고자 너는   솟아나게 한 꽃아 너는
고둔 무스미 命ㅅ 브리이악   곧은 마음의 명에 부리워져
彌勒座主 모리셔 벌라   미륵좌주 뫼셔 나립하라

<김완진>

◢◢ 참고

월명사(月明師) 도솔가(兜率歌)

경덕왕 19년 경자(760) 4월 1일에 두 개의 해가 나란히 나타나 열흘 동안
이나 없어지지 않았다. 일관이 아뢰기를 "인연 있는 승려를 청하여 산화공
덕(散花功德)을 하면 재앙을 물리칠 것입니다"라고 하였다. 이에 조원전(朝元
殿)에 깨끗한 단을 설치하고 청양루(靑陽樓)로 나아가서 인연 있는 승려를
기다렸다. 이때 월명사(月明師)가 밭두둑 남쪽 길을 가고 있었는데, 왕이 그
를 불러오게 하여 단을 열고 기도문을 짓게 하였다. 월명이 아뢰기를 "신승
(臣僧)은 국선(國仙)의 무리에 소속되어 있어 향가를 이해할 뿐, 범성(梵聲 :
범패)에는 익숙하지 못합니다"라고 하였다. 왕이 말하기를 "이미 인연 있는

승려로 뽑혔으니 향가라도 좋다"고 하였다. 이에 월명은 <도솔가(兜率歌)>
를 지었다. 그 가사는 다음과 같다. '今日此矣散花唱良巴寶白乎隱花良汝隱 直等
隱心音矣命叱使以惡只 彌勒座主陪立羅良' 해석하면

용루에서 오늘 산화가를 불러	龍樓此日散花歌
푸른 구름에 한 조각 꽃을 날린다	排送靑雲一片花
정중하고 곧은 마음이 시키는 바대로	殷重直心之所使
멀리 도솔천의 대선가를 맞이하라	遠邀兜率大僊家

지금 세속에서는 이것을 <산화가(散花歌)>라고 하지만 잘못이니 마땅히
<도솔가>라고 해야 한다. <산화가>는 따로 있으나 글이 많아서 싣지 않
는다. 조금 있다가 해의 괴변이 바로 사라졌다. 왕이 가상히 여겨 좋은 차
한 봉지와 수정 염주 108개를 하사하였다. 갑자기 모습이 깨끗한 한 동자가
꿇어앉아 차와 염주를 받들고 궁전 서쪽 작은 문에서 나타났다. 월명은 이
것이 궁궐의 심부름꾼이라고 하였고, 왕은 월명사의 시종이라고 하였으나
밝혀보니 모두 아니었다. 왕이 매우 이상히 여겨 사람을 시켜 뒤를 쫓게 하
였더니 동자는 내원(內院)의 탑 속으로 숨고 차와 염주는 남쪽 벽화의 미륵
상 앞에 있었다. 월명의 지극한 덕과 정성이 이와 같이 부처님을 아름답게
빛나도록 할 수 있었던 것을 조정과 민간에서 들어 알지 못하는 자가 없었
다. 왕이 더욱 공경하여 다시 비단 100필을 주어 큰 정성을 표하였다.[49]

---

49) 일연, 『삼국유사』「감통」 제7

● **제망매가(祭亡妹歌)**

生死路는
예 이샤매 저히고
나는 가느다 말ㅅ도
몯다 닏고 가느닛고
어느 ㄱ술 이른 ㅂㄹ매
이에 저에 쩌딜 닙다
ᄒᆞᄃᆞ 가재 나고
가논곧 모두온뎌
아으 彌陀刹애 맛보올 내
道닷가 기드리고다

삶과 죽음의 길은
여기에 있음에 두려워지고
나는 간다는 말도
못 다 이르고 갔습니까
어느 가을 이른 바람에
여기 저기 떨어지는 잎 같이
한 가지에 나고
가는 곳 모르겠구나
아아 미타찰에 만날 나는
도 닦으며 기다리련다

<양주동>

生死 길흔
이에 이샤매 머뭇그리고
나는 가느다 말ㅅ도
몯다 니르고 가느닛고
어느 ㄱ술 이른 ㅂㄹ매
이에 뎌에 쁘러딜 닙곧
ᄒᆞᄃᆞ 가지라 나고
가논 곧 모두론뎌
아야 彌陀刹아 맛보올 나
道 닷가 기드리고다

생사 길은
예 있으매 머뭇거리고
나는 간다는 말도
몯다 이르고 어찌 갑니까
어느 가을 이른 바람에
이에 저에 떨어질 잎처럼
한 가지에 나고
가는 곳 모르온저
아아 미타찰에서 만날 나
도 닦아 기다리겠노라

<김완진>

참고

월명사 도솔가

월명이 또 죽은 누이를 위하여 재(齋)를 올리면서 향가를 지어 제사를 지냈더니 갑자기 거센 바람이 불어 종이돈을 날려 서쪽으로 사라지게 하였다. 그 노래는 '生死路隱 此矣有阿米次肹伊遣 吾隱去內如辭叱都 毛如云遣去內尼叱古 於內秋察早隱風未 此矣彼矣浮良落尸葉如一等隱枝良出古 去奴隱處毛冬乎丁 阿也 彌陀刹良逢乎吾道修良待是古如'이다. 월명이 항상 사천왕사(四天王寺)에서 지냈는데, 피리를 잘 불었다. 달 밝은 밤에 피리를 불면서 문 앞의 큰길을 지나갔더니 달이 가기를 멈추었다. 이로 인하여 그 길을 월명리(月明里)라고 하였다. 월명사도 이 때문에 이름 지었다. 월명사는 바로 능준대사(能俊大師)의 제자다. 신라 사람들 가운데는 향가를 숭상하는 자가 많았으니 대개 시송(詩頌)과 비슷한 것이라 할 수 있다. 그러므로 이따금 천지귀신을 감동시킨 것이 한두 번이 아니었다. 찬한다.

바람이 돈을 날려 떠나는 누이 노자 주었고	風送飛錢資逝妹
피리로 밝은 달 움직여 항아를 머물게 했지	笛搖明月住姮娥
도솔천이 저 하늘 먼 곳이라 말하지 마소	莫言兜率連天遠
만덕화 한 곡 노래로 맞이하리니	萬德花迎一曲歌[50]

---

50) 일연, 『삼국유사』 「감통」 제7

● 안민가(安民歌)

君은 어비여	임금은 아버지요
臣은 두수샬 어시여	신하는 사랑하실 어머니요
民은 얼혼아히고 호샬디	백성은 어린 아이로다 하실진대
民이 두술 알고다	백성이 사랑을 알리다
구믈ㅅ다히 살손 物生	꾸물거리며 살아가는 중생이
이흘 머기 다스라	이를 먹여 다스려
이 싸흘 보리곡 어듸갈뎌 홀디	이 땅을 버리고 어디로 가겠는가 할진대
나라악 디니디 알고다	나라 안이 유지될 줄 알리라
아으 君다이 臣다이 民다이 호늘둔	아아 임금답게 신하답게 백성답게 한다면
나라악 太平호니잇다	나라 안이 태평할 것입니다

<양주동>

君은 아비여	군은 아비요
臣은 두수실 어시여	신은 사랑하시는 어미요
民은 어릴혼 아히고	민은 어리석은 아이라고
호실디 民이 두술 알고다	하실진댄 민이 사랑을 알리라
구릿 하늘 살이기 바라믈씨	대중을 살리기에 익숙해져 있기에
이흘 치악 다스릴러라	이를 먹여 다스릴러라
이 싸흘 보리곡 어드리 가눌뎌	이 땅을 버리고 어디로 가겠는가
홀디 나락 디니기 알고다	할진댄 나라 보전할 것을 알리라
아야 君다 臣다히 民다	아아 군답게 신답게 민답게
호늘둔 나락 太平 호눕짜	한다면 나라가 태평을 지속하느니라

<김완진>

참고

경덕왕(景德王) · 충담사(忠談師) · 표훈대덕(表訓大德)

왕이 나라를 다스린 지 24년에 오악(五嶽) 삼산(三山)[51]의 신들이 때때로 나타나 궁전 뜰에서 왕을 모셨다. 3월 3일에 왕이 귀정문(歸正門) 누각 위로 나아가 주위 사람들에게 "누가 길거리에서 위엄과 풍모가 있는 승려 한 명을 데려올 수 있겠느냐"고 하였다. 이때 마침 위엄과 풍모가 깨끗한 고승이 길에서 배회하고 있었다. 주변 사람들이 기다렸다 데리고 와서 뵙게 했다. 왕은 "내가 말한 위엄과 풍모가 있는 승려가 아니다"라고 하곤 돌려보냈다. 다시 한 승려가 납의(衲衣)를 입고 앵두나무로 만든 통-혹은 대로 만든 통을 지고 있었다고도 함을 지고 남쪽에서 오고 있었다. 왕이 기뻐하며 누각 위로 맞이하였다. 그 통속을 보니 다구(茶具)가 들어 있었다. "그대는 누구인가?" "충담(忠談)입니다" "어디서 오는가?" "제가 늘 3월 3일과 9월 9일에는 차를 달여서 남산(南山) 삼화령(三花嶺)의 미륵세존에게 드립니다. 오늘도 드리고 오는 길입니다" 왕이 "나에게도 차 한 그릇 나누어주겠는가?"라고 하였다. 승려가 차를 달여 드렸다. 차 맛이 보통 같지 않고 그릇 속에서 특이한 향이 풍겼다. 왕이 말하기를 "내가 들으니 스님의 <찬기파랑사뇌가(讚耆婆郞詞腦歌)>는 그 뜻이 매우 높다 하는데, 과연 그러한가?"라고 했다. 대답하기를 "그렇습니다"라고 하였더니, "그러면 나를 위하여 백성을 편안하게 하는 노래를 지으라"고 하였다. 충담이 바로 명을 받들어 노래를 지어 바쳤다. 왕이 아름답게 여겨 왕사(王師)로 봉하였으나 충담이 재배하고 끝내 사양하여 받지 않았다. 백성을 편안하게 하는 노래는 '君隱父也 臣隱愛賜尸母史也 民焉狂尸恨阿孩古爲賜尸民是愛尸知古如 窟理叱大肹生以支所音物生此肹喰惡支治良羅 此地肹捨遣只於冬是去於丁 爲尸知國惡支持以 支知古如後句 君如臣多支民隱如 爲內尸等焉國惡大平恨音叱如'이고, 「찬기파랑가」는 '咽嗚爾處米 露曉邪隱月羅理 白雲音遂于浮去隱安支下 沙是八陵隱汀理也中 耆郎矣兒史是史藪邪 逸烏川理叱磧惡希 郎也持以支如賜烏隱 心未際叱肹逐內良齊 阿耶 栢史叱枝次高支好 雪是毛冬乃乎尸花判也'이다.[52]

---

51) 오악은 동악 토함산, 서악 계룡산, 남악 지리산, 북악 태백산, 중앙 팔공산. 삼산은 습비부(習比部 : 경주 동쪽 및 동남쪽)의 나력(奈歷, 또는 나림(奈林)), 절야화군(切也火郡 : 영천)의 골화(骨火), 대성군(大城郡 : 청도로 추정)의 혈례(穴禮)

52) 일연, 『삼국유사』 「기이」 제2

● 찬기파랑가(讚耆婆郎歌)

열치매	열어젖히매
나토얀 ᄃ리	나타난 달이
힌 구룸 조초 ᄣᅥ가ᄂᆞᆫ 안디하	흰 구름 따라 가는 것 아니냐
새파ᄅᆞᆫ 나리여ᄒᆡ	새파란 냇가에
耆郞ᄋᆡ 즈ᄉᆡ 이슈라	기랑의 모습이 있구나
일로 나리ㅅ 지벽ᄒᆡ	이로부터 냇가 조약돌에
郞ᄋᆡ 디니다샤온	낭의 지니시던
ᄆᆞᅀᄆᆡ ᄀᆞᆺ흘 좇ᄂᆞ아져	마음의 끝을 따르련다
아ᄋᆞ 잣ㅅ가지 노파	아아 잣가지 드높아
서리 몯누올 花判이여	서리를 모를 화랑이어

<양주동>

ᄂᆞᆺ겨곰 ᄇ라매	흐느끼며 바라보매
이슬 ᄇᆞᆯ갼 ᄃ라리	이슬 밝힌 달이
힌 구룸 조초 ᄣᅥ간 언저레	흰 구름 따라 떠간 언저리에
몰이 가ᄅᆞᆫ 믈서리여ᄒᆡ	모래 가른 물가에
耆郞ᄋᆡ 즈ᄉᆡ올시 수프리야	기랑의 모습이올시 수풀이여
逸烏나릿 지벼ᄀ	일오내 자갈 벌에서
郞이여 디니더시온	낭이 지니시던
ᄆᆞᅀᄆᆡ ᄀ슬 좇ᄂᆞ라져	마음의 갓을 쫓고 있노라
아야 자싯가지 노포	아아 잣 나무 가지가 높아
누니 모ᄃᆞᆯ 두폴 곳가리여	눈이라도 덮지 못할 고깔이여

<김완진>

● 도천수관음가(禱千手觀音歌)

무루플 고조며	무릎을 곧추며
둘솞바당 모호누아	두 손바닥 모아
千手觀音ㅅ 前아히	천수관음 앞에
비슬볼 두누오다	비옴을 두옵니다
즈믄손ㅅ 즈믄눈흘	천 개의 손에 천 개의 눈을
항둔흘 노항 항둔흘 더웁디	하나를 놓고 하나를 더하기
둘 업는 내라	둘 다 없는 나라
항둔ᄾ᷀ 그스싀 고티누옷다라	하나야 그윽이 고치올러라
아으으 나애 기티샬ᄃᆞᆫ	아아 내게 끼쳐 주시면
노틱 뿔 慈悲여 큰고	놓되 쓰올 자비여 얼마나 큰고

<양주동>

무루플 ᄂᆞ초며	무릎을 낮추며
두볼 손ᄇᆞ롬 모도ᄂᆞ라	두 손바닥 모아
千手觀音 알파히	천수관음 앞에
비슬볼 두ᄂᆞ오다	바라는 말씀 두노라
즈믄소낫 즈믄 누늘	천 개의 손엣 천 개의 눈을
항둔핫 노하 항ᄃᆞ늘 더럭	하나를 놓아 하나를 덜어
두볼 ᄀᆞ만 내라	두 눈 감은 나니
항둔ᄾ᷀ 숨가주쇼셔 ᄂᆞ리ᄂᆞ옷ᄃᆞ야	하나를 숨겨 주소서 하고 매달리누나
아야여 나라고 아ᄅᆞ실ᄃᆞᆫ	아아 나라고 알아 주실진댄
어드레 쓰올 慈悲여 큰고	어디에 쓸 자비라고 큰고

<김완진>

참고

분황사(芬皇寺) 천수대비(千手大悲) 맹아(盲兒)가 눈을 뜨다

경덕왕 대에 한기리(漢岐里)에 사는 여자 희명(希明)의 아이가 태어난 지 5년 만에 갑자기 눈이 멀었다. 어느 날 그 어미가 아이를 안고 분황사 왼쪽 전각 북쪽 벽화의 천수대비 앞으로 가서 아이에게 노래를 지어 빌게 하였더니 마침내 눈을 떴다. 그 노래의 가사는 '膝肹古召旅 二尸掌音毛乎攴內良 千手觀音叱前良中 祈以攴白屋尸置內乎多 千隱手叱千隱目肹 一等下叱放一等肹除惡攴 二于萬隱吾羅 一等沙隱賜以古只內乎叱等邪阿邪也 吾良遺知攴賜尸等焉 放冬矣用屋尸慈悲也根古'이다. 다음과 같이 기린다.

대나무 말 타고 부들피리 불며 거리에서 놀더니	竹馬蔥笙戲陌塵
하루아침에 푸른 두 눈이 멀었네	一朝雙碧失瞳人
보살님이 자비로운 눈을 돌려주지 않았다면	不因大士廻慈眼
버들꽃을 그저 보낸 것이 몇 번 봄제사 되었을까	虛度楊花幾社春[53]

---

53) 일연, 『삼국유사』「탑상(塔像)」제4

● 우적가(遇賊歌)

제 只슴매	제 마음의
즛 모두럿단 날	모습을 모르던 날
머리 □□ 디나치고	멀리 □□ 지나치고
얼쓴 수메 가고쇼다	이젤랑 숨어서 가고 있네
오직 외온 破戒主	오직 그릇된 파계주들
저플 즈새 느외 쏘 돌려	두려워할 짓에 다시 또 돌아가리
이 잠굴사 디내온	이 쟁기를 사 지내고서야
됴홀날 새누옷다니	좋은 날이 새리니
아으 오지 이오맛흔 善은	아아 오직 요만한 선은
안디 새집 드외니다	아니 새 집이 되니이다

<양주동>

제의 只슴민	제 마음의
즈싀 모둘 보려든	모습이 볼 수 없는 것인데
日遠鳥逸 드라리 난 알고	일원조일 달이 난 것을 알고
얼든 수플 가고셩다	지금은 수풀을 가고 있습니다
다믄 외오는 破家니림	다만 잘못된 것은 강호님
머믈오시누늘 도도랄랑여	머물게 하신들 놀라겠습니까
이 자본가시사 말오	병기(兵器)를 마다 하고
즐길 法이사 듣누오다니	즐길 법을랑 듣고 있는데
아야 오직 뎌오밋흔 믈론	아아 조만한 선업(善業)은
안죽 틱도 업스니다	아직 턱도 없습니다

<김완진>

참고

영재(永才)가 도적을 만나다

승려 영재(永才)는 천성이 익살스럽고 재물에 얽매이지 않고 향가를 잘하였다. 만년에 남악(南岳)에 숨어 지내려고 대현령(大峴嶺)에 이르렀을 때 도적 60여 명을 만났다. 해치려고 하였으나 영재는 칼날 앞에서도 두려워하는 빛 없이 기쁘게 받아들였다. 도적이 괴이하게 여겨 그 이름을 물으니 영재라고 하였다. 도적이 평소에 그 이름을 들었으므로 노래를 짓게 하였다. 그 가사는 '自矣心米 兒史毛達只將來呑隱日遠烏逸□□過出知遣 今呑藪未去遣省如 但非乎隱焉破□主次弗□史內於都還於尸朗也 此兵物叱沙過乎好尸曰沙也內乎呑尼 阿耶 唯只伊吾音之叱恨隱㴱陵隱安攴尙宅都乎隱以多'이다. 도적이 그 뜻에 감동하여 비단 두 필을 주었다. 영재가 웃으며 사례하기를 "재물이 지옥의 근본임을 알아 깊은 산으로 달아나 일생을 보내려고 하는데, 어찌 감히 그것을 받겠는가?" 하고 땅에 던졌다. 도적이 또한 그 말에 감동하여 모두 칼과 창을 버리고 머리를 깎고 승려가 되어 함께 지리산에 숨어 다시 세상에 나오지 않았다. 영재의 나이가 거의 90이었으니 원성대왕(元聖大王) 때였다. 찬한다.

지팡이 짚고 산으로 가니 그 뜻이 깊어졌는데	策杖歸山意轉深
비단과 구슬이 어찌 마음을 다스리랴	綺紈珠玉豈治心
숲속의 도적들이여 서로 주려고 하지 말게	綠林君子休相贈
한 조각 금이 터무니없게도 지옥이라네	地獄無根只寸金[54]

---

54) 일연, 『삼국유사』「피은」 제8

● 처용가(處容歌)

싀볼 볼긔 도래	서울 밝은 달에
밤드리 노니다가	밤 깊도록 놀다가
드러사 자리 보곤	들어와 자리를 보니
가르리 네히어라	가랑이가 넷이구나
둘흔 내해엇고	둘은 내 것이고
둘흔 뉘해언고	둘은 누구 것인가
본딕 내해다마른	본디 내 것이었지만
아사늘 엇디ᄒ릿고	뺏긴 것을 어찌할거나

〈양주동〉

東京 볼기 도라라	동경 밝은 달에
밤 드리 노니다가	밤들이 노니다가
드러사 자리 보곤	들어 자리를 보니
가로리 네히러라	다리가 넷이러라
두브르른 내해엇고	둘은 내해였고
두브르른 누기핸고	둘은 누구핸고
본딕 내해다마른ᄂ	본디 내해다마는
아사늘 엇디ᄒ릿고	빼앗은 것을 어찌하리오

〈김완진〉

참고

처용랑(處容郎) 망해사(望海寺)

　제49대 헌강대왕(憲康大王) 대에는 서울로부터 온 나라 안에 이르기까지 늘어선 집에 이어진 담이 초가가 하나도 없었다. 음악 소리가 길에 끊어지지 않고, 바람과 비가 사철 순조로웠다. 이에 대왕이 개운포(開雲浦)-학성(鶴城)의 서남쪽에 있으니 지금의 울주(蔚州)-에서 노닐다가 돌아오려고 하면서 낮에 물가에서 쉬고 있었다. 갑자기 구름과 안개가 자욱하여 길을 잃었다. 괴이하게 여겨 주위 사람들에게 물으니 일관이 말하기를 "이것은 동해 용의 변괴이니, 좋은 일을 행하여 풀어야 합니다"라고 하였다. 그래서 유사에게 용을 위하여 근처에 절을 세우도록 하였다. 왕명이 내리고 나자 구름이 개이고 안개가 흩어졌다. 그래서 개운포라고 이름 하였다. 동해의 용이 기뻐서 일곱 아들을 데리고 임금 앞에 나타나서 덕을 찬양하고 춤을 추며 음악을 연주하였다. 그 가운데 한 아들이 행차를 따라 서울에 와서 왕의 정치를 도왔는데, 이름이 처용(處容)이었다. 왕이 미녀를 아내로 삼게 하여 그를 머물게 하려 하였고, 또 급간(級干)의 벼슬을 주었다. 그의 아내가 매우 아름다웠으므로 역신(疫神)이 흠모하여 사람으로 변해서는 밤에 그 집에 가서 몰래 그녀와 함께 잤다. 처용이 밖에서 집에 와 잠자리에 두 사람이 있는 것을 보고 노래를 부르고 춤을 추면서 물러나갔다. 노래는 '東京明期月良夜入伊遊行如可入良沙寢矣見昆脚烏伊四是良羅二肹隱吾下於叱古二肹隱誰支下焉古本矣吾下是如馬於隱奪叱良乙何如爲理古'이다. 그때 역신이 모습을 나타내어 앞에 꿇어앉아 말하기를 "내가 공의 아내를 사모하여 지금 그녀를 범하였는데도, 공이 화를 내지 않으니 감격하여 그것을 아름답게 여깁니다. 이제부터는 공의 모습을 그린 것을 보면 그 문에 들어가지 않겠습니다"라고 하였다. 이로 인하여 나라 사람들은 처용의 모습을 문에 붙여서 사악한 것을 물리치고 경사를 불러들였다. 왕이 돌아와서 영취산(靈鷲山) 동쪽 기슭의 빼어난 땅을 택하여 절을 세우고 망해사(望海寺) 또는 신방사(新房寺)라고 하였으니, 용을 위하여 세운 것이었다.[55]

---

55) 일연, 『삼국유사』 「기이」 제2

2. 고려 향가

『균여전(均如傳)』 제7 가행화세분자(歌行化世分者) 노래를 펴서 세상을 교화 시킴

　대사는 불교 외의 배움으로 특히 사뇌-지은이의 생각이 가사에 정교하게 표현되었으므로 뇌(腦)라고 하였다-에 익숙하셨으니 보현보살(普賢菩薩)의 열 가지 서원(誓願)을 바탕으로 노래 11장을 지으셨다. 그 서문은 이와 같다.
　무릇 사뇌라는 것은 세상 사람들이 놀고 즐기는데 쓰는 도구요, 원왕이 라는 것은 보살이 수행하는데 줏대가 되는 것이다. 그리하여 얕은 데를 지나서야 깊은 곳으로 갈 수 있고, 가까운 데부터 시작해야 먼 곳에 다다를 수 있는 것이니, 세속의 이치에 기대지 않고는 저열한 바탕을 인도할 길이 없고, 비속한 언사에 의지하지 않고는 큰 인연을 드러낼 길이 없다. 이제 쉬이 알 수 있는 비근한 일을 바탕으로 생각하기 어려운 심원한 종지(宗旨)를 깨우치게 하고자 열 가지 큰 서원의 글에 의지하여 열한 마리 거치른 노래의 구를 지으니 뭇 사람의 눈에 보이기는 몹시 부끄러운 일이나 모든 부처님의 마음에는 부합될 것을 바란다. 비록 지은이의 생각이 잘못되고 언사가 적당하지 않아 성현의 오묘한 뜻에 알맞지 않더라도 서문을 쓰고 시구를 짓는 것은 범속한 사람들의 선한 바탕을 일깨우고자 하는 것이니, 비웃으려고 염송(念誦)하는 자라도 염송하는 바 소원의 인연을 맺을 것이며, 훼방하려고 염송하는 자라도 염송하는 바 소원의 이익을 얻을 것이다. 훗날의 군자들이여! 비방도 찬양도 말아주시기를 엎드려 바란다.

● 예경제불가(礼敬諸佛歌)

<table>
<tr><td>

ᄆᅀᆞ미 부드루
그리슬본 부텨前에
저누온 모ᄆᆞᆫ
法界ᄆᆞᆺᄃᆞ록 니르가라
塵塵마락 부텻ㅅ刹이
刹刹마다 뫼시리슬본
法界 ᄎᆞ샨 부텨
九世 다아 禮ᄒᆞ숣져
아으 身語意業无疲厭
이에 브즐 ᄉᆞᄆᆞᆺ다라

</td><td>

마음의 붓으로
그리옵는 부처 앞에
절하는 몸은
법계 다하도록 이르거라
티끌 티끌마다 부처 절이
절 절마다 뫼실 바이신
법계에 차신 부처
구세에 다 예를 행하옵저
아아 몸과 말과 뜻에 싫은 생각 없이
이에 부지런함을 삼았더라

<양주동>

</td></tr>
<tr><td>

ᄆᅀᆞ미 부드로
그리슬본 부텨 알ᄑᆡ
저ᄂᆞ온 모마ᄂᆞᆫ
法界 업ᄃᆞ록 니르거라
塵塵마락 부텻 刹이역
刹刹마다 모리슬본
法界 ᄎᆞ신 부텨
九世 다ᄋᆞ라 절ᄒᆞ숣져
아야 身語意業无疲厭
이렁 ᄆᆞᄅ 지ᅀᅡ못ᄃᆞ야

</td><td>

마음의 붓으로
그리온 부처 앞에
절하는 몸은
법계 없어지도록 이루거라
티끌마다 부첫 절이며
절마다 뫼셔 놓은
법계 차신 부처
구세 내내 절하옵저
아아 신어의업무피염
이리 종지(宗旨) 지어 있노라

<김완진>

</td></tr>
</table>

心未筆留 慕呂白乎隱仏体前衣 拜內乎隱身萬隱 法界毛叱所只至去良 塵塵馬洛仏体叱刹亦 刹刹每如邀里白乎隱 法界滿賜隱仏体 九世尽良礼爲白齊 歎曰身語意業 无疲厭 此良夫作沙毛叱等耶

● 칭찬여래가(稱讚如來歌)

오늘 주비두리   오늘 무리들이
南无佛이여 슬볼손 혀아익   나무불이여 사뢰는 혀에
无盡辯才入 바돌   끝없는 말 재주의 바다
一念악히 솟나가라   한결같은 생각 안에 솟아나거라
塵塵虛物入 뫼시리슬본   티끌 같은 헛된 것 뫼시온
功德入身을 對ㅎ솝디   공덕의 몸을 대하옵기
궁업는 德바돌흘   끝없는 덕의 바다를
西王돌루 기티숩져   부처들로 기리고지고
아으 비록 一毛入德두   아아 비록 한 터럭의 덕도
몯돌 다아 슬보뇌   못다 다 사뢰네

〈양주동〉

오늘 주비돌히   오늘 부중(部衆)이
南无佛이여 슬볼손 혀라히   나무불이여 사뢰는 혀에
无盡辯才入 바돌   무진변재入 바다
一念악히 솟나거라   일념 중에 솟아나거라
塵塵虛物入 모리슬본   진진허물 뫼시온
功德入身을 對ㅎ슬박   공덕신을 대하와
궁 가만 德海를   갓 가마득한 덕해를
醫王돌로 기리숩져   의왕들로 기리옵저
아야 반득 一毛入 德도   아아 반듯하게 일모 덕도
모돌 다ᄋ라 슬본 너여   못다 사뢴 너여

〈김완진〉

今日部伊冬衣 南无佛也白孫舌良衣 无尽辯才叱海等 一念惡中涌出去良 塵塵虛物
叱邀呂白乎隱 功德叱身乙對爲白惡只 際于萬隱德海肹 間王冬留讚伊白制 隔句
必只一毛叱德置 毛等盡良白乎隱乃兮

● 광수공양가(廣修供養歌)

브져 자ᄇ며	부젓가락 잡으며
仏前灯을 고티란ᄃᆡ	부처 앞의 등을 고치는데
灯炷는 須彌여	등불 심지는 수미산이요
灯油는 大海 이루가라	등불 기름은 대해를 이루거라
소ᄂᆞ 法界뭇도록 ᄒᆞ며	손은 법계 다하도록 하며
소내마다 法ㅅ供ᄋᆞ루	손에 마다 부처께 공양으로
法界 ᄎᆞ샨 부텨	법계 차신 부처
仏仏 ᄃᆞ뭇 供ᄒᆞ숣져	부처마다 두루 공양하고지고
아으 法供ᄉᆞ 하나	아아 부처께 공양이야 많으나
이 어의바 最勝供이여	이것이 최고 빼어난 공양이오

〈양주동〉

블 줄 자ᄇ마	불줄 잡고
仏前灯을 고티란ᄃᆡ	불전등을 고치는데
灯炷는 須彌여	등주는 수미이요
灯油는 大海 이루거야	등유는 대해 이루었네
香ᄋᆞᆫ 法界 업ᄃᆞ록 ᄒᆞ며	향은 법계 없어지기까지 하며
香아마다 法ㅅ供ᄋᆞ로	향에마다 법공으로
法界 ᄎᆞ신 부텨	법계 차신 부처
仏仏 온갖 供 ᄒᆞ숣져	불불 온갖 공 하옵져
아야 佛供앗 하나	아아 불공이야 많지만
뎌를 니버 最勝供이여	저를 체득(體得)하여 최승공이어

〈김완진〉

火條執音馬 仏前灯乙直体良焉多衣 灯炷隱須彌也 灯油隱大海逸留去耶 手馬法界
毛叱色只爲彌 手良每如法叱供乙留 法界滿賜仁仏体 仏仏周物叱供爲白制 阿耶
法供沙叱多奈 伊於衣波最勝供也

● 참회업장가(懺悔業障歌)

顚倒 이라	거꾸러짐 이루어
菩提 아은 기를 이바	보리 향한 길을 잃어
지슬누온 모디는	지어오는 모짊은
法界 나목 나니잇다	법계 너머 나니잇다
모딘 빗홋 디누온 三業	모진 버릇에 떨어진 삼업
淨戒人主루 디니누곡	정계의 주로 지녀두고
오늘 주비 頓部人 懺悔	오늘 무리들의 온전한 참회
十方人 부텨 알곡샤서	시방의 부처여 아소서
아으 衆生界盡我懺盡	아아 중생계 다해야 내 참회 다하리라
來際 기리 造物捨져	미래에 길이 삼업(三業) 버리고지고

<양주동>

顚倒 여히야	전도 여의여
菩提 아은 길흘 이바	보리 향한 길을 몰라 헤매어
지스러누온 머즈는	짓게 되는 악업(惡業)은
法界 나목 나님싸	법계 넘어 나 있다
머즌 빗홋 디누온 三業	악한 버릇에 떨어지는 삼업
淨戒人主로 디니ᄂ곡	정계의 주로 지니고
오늘 주비 ᄇᄅᆺ 懺悔	오늘 부중(部衆) 바로 참회
十方人 부텨 마기쇼셔	시방 부처 증거하소서
아야 衆生界盡我懺盡	아아 중생계진아참진
來際 오랑 造物 ᄇ리져	내제 길이 조물 버릴지어다

<김완진>

顚倒逸耶 菩提向馬道乙迷波 造將來臥乎隱惡寸隱 法界餘音玉只出隱伊音叱如支
惡寸習落臥乎隱三業 淨戒叱主留卜以支乃遣只 今日部頓部叱懺悔 十方叱仏体閼
遣只賜立 落句 衆生界尽我懺尽 來際永良造物捨齊

● 수희공덕가(隨喜功德歌)

迷悟同体人
緣起人理ㄹ 차지보곤
부텨 衆生 못 드록
내몸 안딘 늄 이시리
닷ㄱ샤룬 頓部人 내 닷골손뎡
어드샤리마락 ㄴ믜 업곤
어느 人의 善들사
안둘 깃흘 두오릿고
아으 이라 비겨 녀든
嫉妬人 ᄆᆞᆷ 닐도올가

미혹과 깨달음이 하나라는
연기의 이치를 찾아보니
부처 중생 다하도록
내 몸 아닌 남 있으리
닦으심은 온전한 내 닦음인저
얻는 것마다 남이 없으니
어느 사람의 선들이야
아니 기뻐함 두오리까
아아 이리 여겨 가면
질투하는 마음 이르러 올까

<양주동>

迷悟同体人
緣起人理라 차작 보곤
부텨뎌 衆生 업드록
내이 모마 안딘 사룸 이샤리
닷ㄱ시룬 ㅂᄅᆞᆺ 내이 닷골손뎌
어드시리마락 사ᄅᆞ미 업곤
어느 사ᄅᆞ미 ᄆᆞᄅᆞᆯ돌사
안둘 깃글 두오릿과
아야 뎌라 비겨 녀든
嫉妬人 ᄆᆞᆷ 니를올가

미오동체를
연기人리에 찾아 보니
부처 되어 중생이 없어지기까지
내 몸 아닌 사람 있으리
닦으심은 바로 내 닦음인저
얻으실 이마다 사람이 없으니
어느 사람의 선업(善業)들이야
기뻐함 아니 두리이까
아아 이리 비겨 가면
질투人 마음이 이르러 올까

<김완진>

迷悟同体叱 緣起叱理良尋只見根 仏伊衆生毛叱所只 吾衣身不喩仁人音有叱下呂
修叱賜乙隱頓部叱吾衣修叱孫丁 得賜伊馬落人米无叱昆 於內人衣善陵等沙 不冬
喜好尸置手理叱過 後句 伊羅擬可行等 嫉妬叱心音至刀來去

● 청전법륜가(請轉法輪歌)

더 너븐	저 넓은
法界악잇 仏會아히	법계안의 불회에
나ᄂᆞᆫ 또 나ᅀᆞᆨ	나는 또 나아가
法雨를 비슬봇다라	법의 비를 빌었더라
无明土 기피 무다	무명토에 깊히 묻어
煩惱熱루 다려내매	번뇌 열로 달여 냄에
善芽 몬돌 길은	선의 싹 못다 기른
衆生ㅅ田을 저지샴여	중생의 밭을 적심이여
아으 菩提ㅅ여름 오ᄋᆞᆯ볼	아아 보리의 열매 영글은
覺月블ᄀᆞᆫ ᄀᆞᅀᆞᆯ 바티여	깨달음의 달 밝은 가을밭이여

<양주동>

더 지즐ᄂᆞᆫ	저 잇따르는
法界아깃 仏會아히	법계의 불회에
나ᄂᆞᆫ ᄇᆞ릇 나ᅀᆞᆨ	나는 바로 나아가
法雨를 비슬봇ᄃᆞ야	법우를 빌었느니라
无明土 기피 무더	무명토 깊이 묻어
煩惱熱로 다려내매	번뇌열로 대려 내매
善芽 모돌 기른	선아 못 기른
衆生ㅅ 바틀 적셔미여	중생 밭을 적심이여
아야 菩提ㅅ 여름 오ᄋᆞᆯᄂᆞᆫ	아아 보리 열매 온전해지는
覺月 블ᄀᆞᆫ ᄀᆞᅀᆞᆯ 라ᄫᅵᆼ되여	각월 밝은 가을 즐겁도다

<김완진>

彼仍反隱 法界惡之叱仏會阿希 吾馬頓叱進良只 法雨乙乞白乎叱等耶 无明土深以
埋多 煩惱熱留煎將來出米 善芽毛冬長乙隱 衆生叱田乙潤只沙音也 後言 菩提叱
菓音烏乙反隱 覺月明斤秋察羅波處也

● 청불주세가(請仏住世歌)

한 부톄	한 부처
비루 化緣 무츳샤나	비록 교화의 인연 마쳤으나
소늘 부비 올이	손을 비벼 올려
누리히 머믈우슬븐다라	누리에 머물게 하리라
새배루 아춤 바믹	밝은 아침 까만 밤에
아ᅌᆞ샬번 아라셰라	향하실 벗이 알았어라
이 알긔 드외매	이를 알게 됨에
길이본 물 슬흘쎠	길 잃은 무리 서러우리
아으 우리 무 ᅀᆞᆷ믈 믈가든	아아 우리 마음을 맑게 하면
佛影 안들 應ᄒ 샤리	불영이 아니 응하시리
	<양주동>

모든 부텨	모든 부처
비록 化緣 다아 뮈시나	화연 끝나 움직이시나
소늘 부비울어곰	손을 비벼 올려서
누리히 머믈우슬븐ᄃ야	세상에 머무르시게 하도다
붉논 아춤 가만 바매	밝는 아침 깜깜한 밤에
아ᅌᆞ실 번 아라 고티리여	보리(菩提) 향하시는 벗 알아 고침이여
뎌 알긔 드욀매	저 사실 알게 되매
길 이반 물아 셜브리여	길 몰라 헤매는 무리여 서러우리
아야 우리 무 ᅀᆞᆷ믈 믈가든	아아 우리 마음 물 맑으면
佛影 안들 應ᄒ 샤리	불영 아니 응하시리
	<김완진>

皆仏体 必于化緣尽動賜隠乃 手乙寶非鳴良尒 世呂中止以友白乎等耶 曉留朝于萬 夜未 向屋賜尸朋知良闇尸也 伊知皆矣爲米 道尸迷反群良哀呂舌 落句 吾里心音 水清等 佛影不冬應爲賜下呂

● 상수불학가(常隨仏學歌)

우리 부톄   우리 부처
니건 누리 닷ㄱ려샤론   다 지난 누리 닦으려시던
難行苦行ㅅ 願을   난행과 고행의 원을
나는 頓部ㅅ 조추리잇다   나는 온전히 좇으리이다
모미 ㅂ삭 드트리 가매   몸이 부서져 티끌이 됨에
命을 施홀 ㅅ히두   목숨을 버릴 사이에도
그랏긔홀 빙ᄒ리   그리 다 하심 배우리
한 부텨두 그랏ᄒ샤니뢰   한 부처도 그리하심이로세
아으 佛道아은 ᄆ숌하   아이 불도 향한 마음아
녇길 안둘 빗겨 녀져   다른 길 아니 비껴 가리

<양주동>

우리 부텨   우리 부처
모든 간 누리 닷ㄱ려시론   모든 옛누리 닦으려 하신
難行苦行ㅅ 願을   난행 고행 원을
나는 ㅂ르봇 조초 벋뎜싸   나는 바로 좇아 벋 지어 있도다
모믹 ㅂ삭 드틀뎌 가매   몸이 부서져 티끌 되어 가매
命을 施홀 ㅅ싀히도   명을 시할 사이에도
그렁 모든 홀 디녀리   그리 모든 것 하는 일 지니리
모든 부텨도 그렁 ᄒ시니로여   모든 부처도 그리 하시니로세
아야 佛道 아은 ᄆ숌하   아아 불도 향한 마음이시어
녀느 길 안둘 빗겨 녀져   딴 길 비껴 가지 않을진저

<김완진>

我仏体 皆往焉世呂修將來賜留隱 難行苦行叱願乙 吾焉頓部叱逐好友伊音叱多 身
靡只碎良只塵伊去米 命乙施好尸歲史中置 然叱皆好尸卜下里 皆仏体置然叱爲賜
隱伊留兮 城上人 佛道向隱心下 他道不冬斜良只行齊

● 항순중생가(恒順衆生歌)

覺樹王은
이브늘 불휘 사ᄆ샤니라
大悲ㅅ믈루 저지역
안들 이우누올ㅅ다라
法界ᄀ득 구믈구믈
ᄒᆞᆯ 나두 同生同死
念念相續无間斷
부톄 ᄒᆞᆯ 둧 敬ㅅ홋다라
아으 衆生 便安ᄒᆞᄂᆞᄃᆞᆫ
부톄 ᄯᅩ 깃그샤리롸

각수왕은
미혹을 뿌리로 삼으시니라
대비의 물로 적시어
아니 시들 것이더라
법계 가득 꾸물꾸물
할 나도 함께 살고 함께 죽느니라
일념으로 서로 이어 쉴 사이 없이
부처께 하듯 공경하리라
아아 중생이 편안하다면
부처 또 기뻐하시리

<양주동>

菩提樹王은
이브늘 불휘 사ᄆ시니라
大悲ㅅ블로 저적
안들 이브ᄂᆞ오롯ᄃᆞ야
法界 ᄀ득 구믈ㅅ구믈ㅅ
ᄒᆞ야늘 나도 同生同死
念念相續无間斷
부텨 ᄃᆞ빌다 고맛 홋ᄃᆞ야
아야 衆生 便安ᄒᆞ늘ᄃᆞᆫ
부텨 ᄇᆞ릇 깃그시리로여

보리수왕은
미혹(迷惑)을 뿌리 삼으시니라
대비 물로 젖어서
이울지 아니하는 것이더라
법계 가득 구물구물
하거늘 나도 동생동사
념념상속무간단
부처 되려 하느냐 공경했도다
아아 중생 편안하면
부처 바로 기뻐하시리로다

<김완진>

覺樹王焉 迷火隱乙根中沙音賜焉逸良 大悲叱水留潤良只 不冬萎玉內乎留叱等耶 法界居得丘物叱丘物叱 爲乙吾置同生同死 念念相續无間斷 仏体爲尸如敬叱好叱 等耶 打心 衆生安爲飛等 仏体頓叱喜賜以留也

● 보개회향가(普皆廻向歌)

한 내이 닷글손	모든 나의 닦을 손
一切善 頓部ㅅ 도ᄅ혁	일체의 선 온전히 돌리어
衆生ㅅ 바들악히	중생의 바다 안에
이븐물 업시 알리가져	잃은 무리 없이 알리고지고
부텨ㅅ 바들 이룬 날흔	부처의 바다 이룬 날은
懺ᄒ다온 모딘 業두	참회한 모진 업도
法性ㅅ 지빗 보비라	법성 집의 보배라
네루 그랏ᄒ샷두라	예로부터 그리하셨더라
아으 禮ᄒ슬볼손 부텨도	아아 예 하옵는 부처도
내몸 이바 ᄂㆍㅂ 이시리	내 몸이니 이보아 남 있으리

<양주동>

모ᄃㄴ 내이 닷글손	모든 나의 닦을손
一切 모ᄅ 브ᄅ붓 돌악	일체 선업(善業) 바로 돌려
衆生ㅅ 바들아기	중생 바다 가운데
이반 물 업시 싃ᄃㆍᄅ거져	미혹(迷惑)한 무리 없이 깨닫게 하려노라
부텻 바들 이론 나ᄅㄴ	부처 바다 이룬 날은
懺ᄒ더온 머즌 業도	참회하던 악한 업도
法性 지밧 寶라	법성 집의 보배라
녀리로 그럿 ᄒ시도야	예로 그러하시도다
아야 절ᄒ슬볼손 부텨도	아아 절하옵는 부처도
내이 모마 더버 사ᄅㅁ 이샤리	내 몸 접어 놓고 딴 사람 있으리

<김완진>

> 皆吾衣修孫 一切善陵頓部叱廻良只 衆生叱海惡中 迷反群无史悟內去齊 仏体叱海
> 等成留焉日尸恨 懺爲如乎仁惡寸業置 法性叱宅阿叱寶良 舊留然叱爲事置耶 病吟
> 礼爲白孫隱仏体刀 吾衣身伊波人有叱下呂

● 총결무진가(捴結无盡歌)

生界 다을든	생계 다한다면
내願 다을 날두 이시리여	나의 원 다할 날도 있으리오
衆生ㅅ 쌔우미	중생 깨움이
ㄱ모듈 願海이고	끝 모를 원해인가
이다이 가 이라 녀곤	이처럼 가 이렇게 행한다면
아온듸루 善길이여	향하는 대로 선의 길이오
이바 普賢行願	이보아 보현행원이
쏘 부텨ㅅ 일이두라	또 부처의 일이더라
아으 普賢ㅅ ᄆᆞᅀᆞᆷ 아ᅀᆞ 바	아아 보현의 마음 알아서
이룻나마 他事捨져	이리 하고 다른 일은 버릴진저

<양주동>

生界 다을든	생계 다한다면
내이 願 다을 날도 이시라마리여	내 원 다할 날도 있으리마는
衆生 가싀오모	중생 갱생(更生)시키고 있노라니
ㄱ 모ᄃᆞ논 願海이고	갓 모르는 원해이고
이 ᄀᆞᆮ 너거 뎌라 녀곤	이처럼 여겨 저리 행해 가니
아온듸로 ᄆᆞᄅᆞ 길히여	향한 곳마다 선업(善業)의 길이요
뎌바 普賢行願	저바 보현행원
쏘 부텻 이리도야	또 부처 일이도다
아야 普賢ㅅ ᄆᆞᅀᆞ마 ᄀᆞ바	아아 보현 마음에 괴어
뎌룻나마 他事 ᄇᆞ리져	저 밖의 다른 일 버릴진저

<김완진>

生界尽尸等隱 吾衣願尽尸日置仁伊而也 衆生叱邊衣于音毛 際毛冬留願海伊過 此
如趣可伊羅行根 向乎仁所留善陵道也 伊波普賢行願 又都仏体叱事伊置耶 阿耶
普賢叱心音阿于波 伊留叱餘音良他事捨齊

위의 노래는 사람들 사이에 퍼져 가끔 담벼락에 쓰이기도 했다. 전(傳)에는 가사를 싣지 않았기에 이번 기회에 수록한다. 사평부(沙平部)의 나필(那必) 급간(及干)-급간은 신라의 관직-이 삼 년간 고질병을 앓았는데 의술로 고쳐지지 않았다. 대사께서 가서 보시고 그 괴로워하는 것을 가엾게 여겨 이 원왕가를 직접 구술해 주시고 항시 읽도록 권하셨다. 그 뒤 어느 날 공중에서 외치는 소리가 있었다. "그대는 큰 성인의 노래에 힘입어 아픈 것이 반드시 나으리라" 그 뒤 병이 곧 나았다.

 참고

제8 역가현덕분자(譯歌現德分者) 노래를 한시로 번역하여 덕을 드러냄

한림학사(翰林學上) 내의승지(內議承旨) 지제고(知制誥) 청하(淸河) 최행귀(崔行歸)는 대사와 같은 때 사람으로 오래도록 대사를 흠모하더니, 이 노래가 만들어지자 그것을 한시로 번역하였다. 그 서문은 이렇다.

게송(偈頌)은 부처의 공덕을 찬송한 것으로 경문(經文)에 나타나 있고, 노래와 시는 보살의 수행을 찬양한 것으로 논장(論藏)에 갈무리되어 있다. 그리하여 서쪽의 여덟 강으로부터 동쪽의 세 신산(神山)에 이르는 사이의 땅에서 때때로 고승이 뛰어나와 오묘한 이치를 소리 높여 읊었으며, 가끔씩 철인이 우뚝 솟아나와 참된 가르침을 낭랑하게 불렀다. 저 중국 땅에서는 부대사(傅大上)가 가도(賈島)·탕혜휴(湯惠休)와 함께 양자강 이남의 선구가 되었고, 현수(賢首)는 징관(澄觀)·종밀(宗密)과 더불어 관중(關中) 땅에서 책을 쓰고, 또 교연(皎然)·무가(無可)의 무리는 고운 문채를 다투어 꾸미고, 제기(齊己)·관휴(貫休)의 무리는 아름다운 시를 다투어 아로새겼다. 우리 인자의 나라(우리나라)에서는 마하(摩訶)가 문칙(文則)·체원(體元)과 함께 전아한 곡을 짓기 시작했고, 원효(元曉)는 박범(薄凡)·영상(靈爽)과 더불어 현묘한 노래의 발판을 만들었으며, 또 정유(定猷)·신량(神亮)과 같은 현자들은 구슬 같은 시운을 잘 읊었고, 순의(純義)·대거(大居) 같은 준걸들은 보석 같은 시편을 몹시 잘 지었다. 모두 벽운(碧雲)으로 글을 꾸미지 않은 것이 없는지라, 그 맑은 노랫말은 감상할 만하고, <백설곡(白雪曲)>과 같은 음악을 전하지 않음이 없는지라, 그 묘한 음향은 들을 만하였다.

그러나 한시는 중국 글자로 엮어서 오언칠자(五言七字)로 다듬고, 향가는 우리말로 배열해서 삼구육명(三句六名)으로 다듬는다. 그 소리를 가지고 논한다면 삼성(參星)과 상성(商星)이 동서로 나뉘어 쉽게 식별할 수 있는 것처럼 현격한 차이가 나지만 문리(文理)를 가지고 말한다면 창과 방패가 어느 것이 강하고 약한지 단정하기 어려운 것처럼 서로 맞서는 정도다. 그러나 비록 서로가 시의 수준을 놓고 자랑하거나 하지만, 함께 의해(義海)로 돌아가기는 마찬가지인 것은 인정할 만한 것으로 각각 제 나름의 구실을 하고 있으니, 어찌 잘된 일이 아니라고 하겠는가? 하나 한스러운 것은 우리나라의 공부하고 벼슬하는 선비들은 한시를 이해하여 읊조리는데, 저 중국의 박학하고 덕망 있는 선비들은 우리나라의 노래를 이해하지 못한다는 것이다. 게다가 한문은 인드라의 구슬망이 얼기설기 이어진 것 같아서 우리나라에서도 쉽게 읽을 수 있으나 향찰은 범서(梵書)가 죽 펼쳐진 것 같아서 중국에서 알기가 어려움에 있어서이겠는가? 가령 양·송(梁·宋)의 뛰어난 글이 동쪽으로 오는 배편에 자주 전해오고, 신라의 훌륭한 글이 서쪽으로 가는 사신 편에 전해지길 바란다 해도 그 의사소통에 있어서는 또한 답답하고 한탄스러움을 어쩔 수 없다. 이 어찌 공자께서 이 땅에 살고자 하셨어도 끝내 동방에 이르지 못하게 된 이유가 아닐 것이며, 홍유후(弘儒侯) 설총(薛聰)께서 한문을 애써 바꾸려 했어도 결국 쥐꼬리를 만들어서 불러들인 장벽이 아니겠는가?

엎드려 생각하건대 우리 수좌께서는 명성이 현완(玄玩)과 짝하시어 3천 문도에게 계율을 주는 스승이 되시며, 행적은 묘광보살(妙光菩薩)에 버금가서 80화엄경을 지도하시는 강주(講主)가 되시는지라, 지위는 화엄종단의 으뜸을 차지하시매 배우는 많은 자들이 귀의할 곳을 얻었으며, 은혜는 큰 보리수의 줄기와 뿌리를 적시어 많은 중생들이 이익을 얻었다. 이것은 북틀에 걸린 큰 종이 치기를 기다리고 있다가 묻기만 하면 모두 응답하고, 경대에 걸린 보석 거울이 지침이 없이 아무리 어두운 곳이라도 모두 비추는 것에 비유되니, 무릇 배움에 뜻을 둔 자로서 그 누가 대사의 제자가 되지 않겠는가? 대사께서는 이에 그들을 권유하여 저 부처님을 우러르고 귀의하게 하시되 사악한 마군(魔軍)을 물리치게 하고자 지혜의 칼을 차게 하고, 벗들이 올바른 방향으로 가도록 인도하기 위하여 자애로운 가르침의 교실을 열 것을 허락하셨다. 그리고 말씀하셨다. "정원본(貞元本) 화엄경의 보현행원품의 마지막 편은 보현보살의 묘한 세계로 들어가는 현묘한 문이요, 선재동자(善財童子)의 향성(香城)에 노닐 수 있는 깨끗한 길이다. 그러므로 청량대사(淸涼大師)께서 행원품소(行願品疏) 한 권을 써서 선양을 하니 인도의 수행자가 평생의 과업으로 삼았다. 그것이 처음 중국에 오게 된 것은 오다국(烏茶國) 임금이 손수 쓴 글로부터였고, 그 뒤에 신라에 이르게 된 것은 현도군(玄菟郡) 고승들의 피로 쓴 글 덕분이었다. 네 구의 게(偈)가 한번 귀를 스치기만 하면 문득 죄의 뿌리가 사라지고 열 가지 글월을 마음에 다시 되새기면 능히 깨달음의 결과를 낳으니 그 좋은 인연이 얼마나 두텁고, 그 커다란 복은 얼마나 깊은! 그러니 이 원왕의 노래를 시인들로 하여금 대신 읊게 해서 남녀가 함께 듣고 발원을 내어 영원토록 특별한 인연을 맺게 하고, 너와 내가 서로 제도하여 공을 이루어서 끝내 묘과(妙果)에 귀의하도록 하지 않을 수 있겠는가?"

무릇 이와 같으니 8·9행의 한문으로 쓴 서문은 뜻이 넓고 문체가 풍부하며, 열한 마리의 향찰로 쓴 노래는 시구가 맑고도 곱다. 그 지어진 것을 사뇌(詞腦)라고 부르나니 가히 정관(貞觀 : 627~649) 때의 시를 누를 만하고, 정치함은 부(賦) 중 가장 뛰어난 것과 같아서 혜제(惠帝)·명제(明帝) 대의 부에 비길 만하다. 그러나 중국 사람이 보려할 때는 서문 외에는 알기가 어렵고, 우리나라 선비들이 들을 때는 노래에 빠져서 쉽게 외우고는 그만이다. 그리하여 모두 반쪽의 이로움만 얻을 뿐 각각 온전한 공을 놓치고 있다. 이로 말미암아 요서(遼西)와 패수(浿水) 사이에서 대략 읊어질 경우 불법을 아끼는 사람이라면 번역을 하겠지만, 오(吳)와 진(秦) 사이에서 점차 읊는 사람이 줄어들 경우 누가 같은 글이라 하겠는가? 하물며 대사의 마음은 본래 부처의 경계와 같은지라 비록 세속을 가까이 해서 비근한 일에서 출발하여 심원한 경지로 들어갈 것을 기약했다 하더라도 어찌 먼 곳의 사람들이라고 해서 그릇됨을 버리고 바름으로 귀의하는 것을 막으려 했겠는가?

옛날 김씨의 번역은 동글동글한 구슬, 흠 없는 자기와 같은 글로써 중국에 아름다움을 떨쳤고, 최공의 번역은 밝은 달빛, 맑은 바람과 같은 글로써 천하에 문채를 드날렸다. 속세도 이와 같거늘 불교가 그러함은 당연하다.

엎드려 생각하건대 나 행귀는 뜻은 하충(何充)에게 부끄럽고, 글솜씨는 사령운(謝靈運)에게 부끄러워 아득히 엄관(嚴官)의 하늘에서의 보살핌을 생각해보니 앞에서 닦으신 업적을 본받지 못하였고, 상국(相國)의 은밀한 가르침을 돌이켜 생각해보니 단지 그 분의 행열(行烈)만 흠모할 뿐이었다. 얼마 전 스님 친구 분을 만나 우연히 현묘한 글을 보았는데, 무단히 오묘한 노래를 따라 부르다보니 은연 중 그 분이 내심 무엇인가 바라는 것이 있는 듯 느껴졌다. 이에 따라 근원은 하나로되 물줄기가 둘로 나뉘듯, 시와 노래가 본질은 같되 이름만 다르다는 것에 의거하여 한 마리 한 마리 각각 번역해서 종이에 연이어 썼다. 바라는 바는 동서에 두루 장애가 없이 해서(楷書), 초서(草書)로 함께 퍼져서 교계(敎界)나 속세가 이와 인연을 맺어 보고 들음이 끊어지지 않는 것이다. 그리하여 마음에서 마음으로 쉼 없이 외워 먼저 보현보살의 흰 코끼리를 보고, 입에서 입으로 그침 없이 읊어 그 뒤에 미륵의 용화회(龍華會)를 만나기 바란다. 이제 짐짓 비루한 서로써 아름다운 말의 앞머리를 삼노니 쇠를 가지고 금을 만드는 수단을 보여주기 바라며, 기와부스러기를 헤쳐 구슬을 찾아내는 수고를 아끼지 말기를 바란다. 혹 박식한 분을 만난다면 보잘 것 없는 글을 바로잡아 주기 바란다.

송 기원 8년(967) 정월 일에 삼가 서한다.

● 예경제불송(礼敬諸佛頌)

마음으로 붓을 삼아 부처님 그리며　　　　以心爲筆尽空王
우러러 절하니 시방세계 두루 비쳐라　　　瞻拜唯應遍十方
하나하나 티끌마다 부처의 나라　　　　　一一塵塵諸仏國
곳곳의 절마다 수많은 부처　　　　　　　重重刹刹衆尊堂
견문할수록 알겠네 윤회 멀어지는 줄　　　見聞自覚多生遠
영겁의 긴 시간 예경하지 아니하리까　　　礼敬寧辞浩劫長
몸과 말과 생각의 삼업을　　　　　　　　身体語言兼意業
싫은 생각 하나 없이 닦으오리다　　　　　捴无疲厭此爲常

● 칭찬여래송(稱讚如來頌)

부처 나라 두루두루 온 정성 다하여　　　遍於仏界罄丹衷
오로지 나무 외치며 부처 찬송합니다　　　一唱南无讚梵雄
변해는 세 치 혀에서 두루 펼쳐지고　　　辯海庶生三寸抄
언천은 입술 사이 기쁘게 용솟음치네　　　言泉希涌兩脣中
부처의 세속 교화 칭송하옵고　　　　　　稱揚覚帝塵沙化
부처께서 불국토 감화 송영합니다　　　　頌詠盥王刹土風
터럭 하나만큼의 덕 말하지 못해도　　　縱未談窮一毛德
이 마음 허공 끝까지 다할 뿐입니다　　　此心直待尽虛空

● 광수공양송(廣修供養頌)

지성으로 부처님전 등불 밝히오니	至誠明照仏前灯
이 향연 법계에 피어오르기 바랍니다	願此香籠法界興
향은 오묘한 봉우리 구름 피어오르듯	香似妙峯雲靉雲帶
기름은 큰 바다 물결 일렁이듯 하네	油如大海水洪澄
섭생 대고할수록 마음은 늘 간절하고	攝生代苦心常切
이물 수행할수록 힘은 점점 불어가네	利物修行力漸增
나머지 공양 이 법공양과 가지런하고	餘供取齊斯法供
천만 가지 다 넉넉해도 이길 것 없네	直饒千万揔難勝

● 참회업장송(懺悔業障頌)

무시겁 과거로부터	自從无始劫初中
삼독 지어오니 죄 얼마나 무거운가	三毒成来罪幾重
이 악연에 원래 바탕이 있다 하면	若此惡緣元有相
받아들일 허공게 하나도 없으리	尽諸空界不能容
업장 생각하니 슬퍼할 만한데	思量業障堪惆悵
온 정성 다할 뿐 어찌 태만하리오	罄竭丹誠豈憧慵
이제 참회하니 정계를 지켜서	今願懺除持淨戒
청송처럼 영원히 티끌세상 떠나려네	永離塵染似青松

● 수희공덕송(隨喜功德頌)

성범과 진망 나누지 말라	聖凡眞妄莫相分
동체로 원래 법문에 두루 있습니다	同體元來普法門
삶 빼놓고 부처 뜻 어디에도 없으니	生外本無餘仏義
나남 다르다 할 무엇이 있겠습니까	我邊寧有別人論
삼명을 쌓으매 공덕 늘어가나	三明積集多功德
육취 닦아 이루어지니 선근은 줍니다	六趣修成少善根
남이 이룬 것 모두 나의 이룸 입니다	他造尽皆爲自造
모두 따르고 기뻐하며 존경할 만합니다	揔堪隨喜揔堪尊

● 청전법륜송(請轉法輪頌)

불타가 도 이룬 길 말하기 어려우나	仏陁成道數難陳
오직 정각의 인을 따르기 원하옵니다	我願皆趍正覚因
감로는 번뇌의 열을 시원하게 식히고	甘露洒消煩惱熱
계향은 죄악의 먼지 태워 없앱니다	戒香熏滅罪怨塵
좋은 벗 따라서 자비의 집 우러르고	陪隨善友瞻慈室
능인 권하고 청하여 법륜을 굴립니다	勸請能人轉法輪
법보의 비가 두루 사바세계 적신 뒤	雨宝遍沾沙界後
어디에 또 미혹된 사람 있겠습니까	更於何処有迷人

● 청불주세송(請佛住世頌)

지극히 작은 티끌만큼 많은 성현들	極微塵數聖兼賢
이 덧없는 세상 교화의 인연 마치고	於此浮生畢化緣
열반하시어 적멸로 돌아가려 하시나	欲示泥洹皈寂滅
영원히 사람 하늘 이롭기를 청합니다	請經沙劫利人天
진리 설하는 성한 모임 아직 그립고	談眞盛會猶堪戀
세속에 매인 중생들 참 가련합니다	滯俗群迷実可憐
만약 지혜의 등불 꺼져가려 한다면	若見惠灯將隱沒
영원하길 간절히 빌지 않겠습니까	盍傾丹懇乞淹延

● 상수불학송(常隨佛學頌)

이 사바세계 비로자나불의 마음으로	此娑婆界舍那心
물러서지 않고 닦은 자취 찾아야지	不退修來迹可尋
살가죽종이 뼈붓에 피먹을 썼고	皮紙骨毫兼血墨
나라와 궁전과 동산을 버리셨네	國城宮殿及園林
보리수 아래에서 삼점을 이루시곤	菩提樹下成三點
대중 모인 도량에서 한 말씀 설했네	衆會場中演一音
이 같은 묘인을 모두 따르고 배워서	如上妙因摠隨学
깊은 고해에서 몸을 영원히 빼내리라	永令身出苦河深

● 항순중생송(恒順衆生頌)

보리수왕이 들판 한쪽에 나타났으니	樹王偏向野中榮
천만 가지 생령을 이롭게 하려는듯	欲利千般万種生
꽃과 열매는 본디 성현의 몸이요	花果本爲賢聖体
줄기와 뿌리는 원래 속인의 정기	幹根元是俗凡精
자비의 물결이 넉넉히 영근 적시듯	慈波若洽靈根潤
깨달음의 길은 행업 좇아 이뤄져야지	覺路宜從行業成
늘 따르고 두루 가르쳐 중생 기쁘니	恒順遍敎群品悅
모든 부처 기쁨이 적지 않음 알겠네	可知諸佛喜非輕

● 보개회향송(普皆廻向頌)

처음부터 끝까지 이룬 공덕	從初至末所成功
영을 가진 모두에게 돌려주리라	廻与含靈一切中
모두 안락 얻고 고해 벗어나려는데	咸覬得安離苦海
모두 죄 씻고 참된 교화 우러러야지	摠斯消罪仰眞風
동시에 함께 번뇌의 세계에서 나와	同時共出煩塵域
다른 것도 법성궁으로 돌아가기를	異体咸皈法性宮
나의 이 지극한 마음 회향의 서원은	我此至心廻向願
미래에 다하도록 응당 그치지 않으리	盡於來際不應終

● 총결무진송(總結無盡頌)

중생계를 마침으로 기약을 삼건만	尽衆生界以爲期
생계가 무궁하니 내 뜻이 변하리까	生界无窮志豈移
스승의 마음은 미몽을 깨치길 바라니	師意要驚迷于夢
법가가 원왕의 말 대신할 수 있겠네	法歌能代願王詞
망경을 버리려면 모름지기 읊조리고	將除妄境須吟誦
진원으로 돌아가려면 싫어하지 말라	欲返眞源莫猒疲
한 마음으로 계속하여 쉼이 없다면	相續一心无間斷
보현의 자비를 따라 배울 수 있으리	大堪隨学普賢慈

이 노래와 시가 만들어지자 그들은 다투어 베꼈는데 그 중 한 본이 중국에 전해졌다. 송나라 군신이 보고서 말하기를 "이 사뇌가의 주인은 한 분의 참 부처님이 세상에 나오신 것이다" 하고 이에 사신을 보내어 대사께 예를 드리도록 하였다. 대사께선 용모가 이상하여 세상 사람들이 공경하고 믿는 바가 아니었다. 그리하여 우리 군신은 저 중국 사신이 가볍게 여기고, 사신의 기대에 어긋날까 두려워해서 뵙는 것을 허락하지 않으려 했다. 사신은 이러한 사정을 눈치 채고 미복(微服)으로 총지원(總持院)-총지원은 대사께서 항상 거처하던 곳으로 귀법사 안에 있었다-에 찾아가서 먼저 역관을 보내어 의사를 통역하여 뵙기를 청하였다. 대사께서는 가사를 갖추어 입고 맞으려 하다가 우리 군신의 마음을 먼저 눈치 채고 홀연히 자취를 감추었다. 사신이 이 소식을 듣고서, "어디에서 부처님을 뵐 수 있을까?" 하며 여러 줄기 눈물을 흘렸다.56)

---

56) 혁련정(赫連挺 : 문종 29년(1075) 진사), 「대화엄수좌원통양중대사균여전 병서(大華嚴首座圓通兩重大師均如傳幷序)」

● 도이장가(悼二將歌)

1

니믈 오올오슬블	님을 온전하게 하는
ᄆᄉᄆᆫ ᄀᆞᆾ하늘 밋곤	마음은 하늘 끝 미칠 만큼,
넉시 가샤ᄃᆡ	넋이 가셨으되
사ᄆᆞ샨 벼슬마 쏘ᄒᆞ져	삼으신 벼슬이나 또 하는구나

2

ᄇ라며 아리라	보아도 알리라
그ᄢᅴ 두 功臣여	그 때 두 공신이여
오라나 고ᄃᆞ	오래되었으나 곧은
자최ᄂ 나토샨뎌	그 자취는 나타나시도다

<양주동>

니믈 오올오슬블 ᄆᄉᄆᆫ	님을 온전케 하온 마음은
ᄀᆞᆾ 하늘 밋곤	하늘 끝까지 미치니
넉시 가샤ᄃᆡ	넋이 가셨으되
몸 셰오신 말ᄊᆞᆷ	몸 세우시고 하신 말씀
석 맛도려 활자바리 가시와뎌	직분(職分) 맡으려 활 잡는이 마음 새로와지기를
됴타 두 功臣아	좋다 두 공신이여
오래옷 고ᄃᆞ 자최ᄂ	오래 오래 곧은 차최는
나토신뎌	나타내신저

<김완진>

참고

예종(睿宗) 대왕 경자년(1120) 가을에 이르러, 임금이 서도(西都 : 평양)에 순행하여 팔관회(八關會)를 열었다. 가상(假像) 둘이 있는데 비녀를 꽂고 자주색 옷을 입었으며 홀(笏)을 잡고 금(金)을 두르고서 말을 타고 힘차게 뜰을 뛰어다녔다. 왕이 기이하게 여겨 물으니 옆에 섰던 이들이 대답하기를 "이들은 신성대왕(神聖大王 : 태조 왕건)께서 삼한을 통일하실 때, 대신 죽은 공신 대장군 신숭겸과 김락입니다"라고 하였다. 이어서 직접 지은 율시 한 수와 단가(短歌) 두 장(章)을 내렸다. 그 시는

두 공신의 상을 보니	見二功臣像
생각 일어 눈물이 흐르네	汍瀾有所思
공산에는 자취가 적막하지만	公山蹤寂寞
평양에는 그 일 남아 전하네	平壤事留遺
충의는 천고에 밝게 빛나나	忠義明千古
죽고 사는 건 한 때 일일 뿐	死生惟一時
임금 위해 칼날에 떨어졌으니	爲君躋白刃
이로부터 왕업의 기틀 지켜졌다네	從此保王基

라 하였고 그 노래는 主乙完乎白乎心聞際天乙及昆魂是去賜矣中三烏賜敎職麻又欲望彌阿里刺及彼可二功臣良久乃直隱 跡烏隱現乎賜丁이라 하였다.[57]

---

57) 「평산신씨고려태사장절공유사(平山申氏高麗太師壯節公遺事)」, 『고려사』

제 3 장

고려속요(高麗俗謠)

1. 『고려사』 악지(樂志) 속악(俗樂)[58]

속악 : 고려의 속악은 여러 악보를 고찰해서 실었다. 그 중에서 <동동(動動)> 및 <서경(西京)> 이하의 24편은 모두 우리말을 쓰고 있다.

악기 : 현금(玄琴) 여섯 줄. 가야금(伽倻琴) 열두 줄. 대금(大笒) 구멍이 여섯. 장고(杖鼓). 아박(牙拍) 여섯 매. 무애(無㝵) 장식이 있음. 무고(舞鼓). 혜금(稽琴) 두 줄. 필률(觱篥) 구멍이 일곱. 중금(中笒) 구멍이 열셋. 소금(小笒) 구멍이 일곱. 박(拍) 여섯 매

● 무고(舞鼓)

춤추는 무리들-검은 옷을 입는다-은 악관과 기녀-악관은 붉은 옷, 기녀는 단장한다-들을 거느리고 남쪽에 서 있다. 악관은 두 줄로 앉는다. 악관 두 명이 북과 북 받침을 가져다가 전각 중앙에 놓는다. 여러 기녀들이 <정읍

---

58) 대부분 가사는 전하지 않음.

사(井邑詞)〉를 노래하면 향악(鄕樂)으로 그 곡을 연주한다. 기녀 두 명이 먼저 나와 좌우로 갈라 북의 남쪽에 서서 북쪽을 향하여 절하고 꿇어 앉아 손을 여미며 일어서서 춤을 춘다. 연주가 한 번 끝날 때를 기다려 두 기녀가 북채를 잡고 일어나서 춤을 추면서 좌우편으로 갈라지며 북을 끼고 앞으로 나갔다 물러났다 하면서 춤을 춘다. 끝나면 북을 싸고돌면서 마주 보기도 하고 등지기도 하면서 돌며 춤을 추면서 채로 북을 치는데, 악의 절차에 따라 장고와 서로 가락을 맞춘다. 끝나고 음악이 멈추면 두 기녀는 앞과 같이 엎드렸다가 일어나서 물러간다.

〈무고〉는 시중 이혼(李混 : 1252~1312)이 영해(寧海)로 유배되어 바다에 떠 있는 뗏목을 주워서 무고를 만들었는데, 그 소리가 크고 훌륭하다. 춤의 변화는 한 쌍의 나비가 꽃을 싸고 너울너울 도는 듯, 두 마리의 용이 날래고 사납게 여의주를 빼앗으려는 듯하다. 악부(樂部) 가운데 가장 기묘한 것이다.

● **동동(動動)**

춤추는 무리들과 악관 및 기녀의 의관과 행차는 앞의 법식과 같다. 기녀 두 명이 먼저 나와 북쪽을 향해 좌우로 나뉘어 서서 두 손을 앞으로 여미고 무릎을 굽혔다 폈다 하고 절을 한다. 엎드렸다가 일어나서 무릎을 꿇고 아박을 들고 동동의 가사 첫 구를 노래한다.-아박을 들지 않기도 한다- 모든 기녀가 그것에 따라서 화답하고, 향악으로 그 곡을 연주한다. 두 기녀가 꿇어앉아서 아박을 띠 사이에 꽂고 음악 1단락[腔]이 끝나기를 기다려서 일어서고, 음악 2단락이 끝나면 두 손을 앞으로 여미고 발춤을 추며, 음악 3단락이 끝나면 아박을 뽑아서 한 번 앞으로 나갔다 한 번 뒤로 물러났다 하고, 한 번 마주보고 한 번 등지고, 음악의 절차에 따라 왼쪽을 보기도 하고 오른쪽을 보기도 하고, 아박으로 무릎을 치기도 하고 팔을 치기도 하고, 서로 치며 춤을 춘다. 음악이 다 끝나기를 기다려서, 두 기녀가 앞에서 했던 것처럼 두 손을 여미고 발춤을 추다가, 절을 하고 엎드렸다가 일어서서 물러나간다.

<동동>이라는 놀이는 그 가사에 송도(頌禱)의 말이 많다. 대개 선어(仙語)를 본받아 지었다. 그러나 가사가 민간의 것이어서 싣지 않는다.

● 무애(無㝵)

춤추는 무리들과 악관 및 기녀의 의관과 행차는 앞의 법식과 같다. 기녀 2명이 먼저 나가서 북쪽을 향하여 좌우로 나뉘어 서서, 두 손을 앞으로 여미고 발춤을 추고 절을 하고, 엎드렸다가 머리를 들고 <무애> 가사를 노래한다. 끝나면 꿇어앉아 있고 모든 기녀가 따라서 화답하고 향악으로 그 곡을 연주한다. 두 기녀가 음악이 1단락을 끝내기를 기다렸다가 무애를 잡고 소매를 쳐들고 앉아서 춤을 추고, 음악이 2단락을 끝내면 일어나서 춤추고 발춤을 추면서 앞으로 나아가고, 음악이 3단락을 끝내면 무애를 희롱하면서 음악의 절차에 따라 줄을 가지런히 하여 앞으로 갔다 뒤로 물러났다 하면서 춤을 춘다. 음악이 다 끝나기를 기다렸다가 두 기녀가 앞에서 했던 것처럼 두 손을 앞으로 여미고 발춤을 추면서 절을 하고, 엎드렸다가 일어나서 물러나간다.

<무애>라는 놀이는 서역(西域)에서 나왔다. 그 가사에 불가(佛家)의 말을 많이 쓰고, 또 방언(方言)이 섞여 있어 기록하기 어렵다. 잠시 그 가락만 남겨 당시에 사용하던 음악의 하나로 갖추어 둔다.

● 서경(西京)

서경은 고조선의 땅으로, 바로 기자(箕子)가 책봉을 받은 곳이다. 그곳의 백성들은 예를 지켜 사양하는데 익숙하고, 임금과 어버이, 어른을 존경하는 도리를 알았다. 이 노래를 지었더니 '어질고 은혜로움이 가득차고 펼쳐져 초목에까지 미쳤다. 꺾이고 넘어진 버드나무라도 그럴 마음을 먹었다'고 하였다.

● 대동강(大同江)

주(周) 무왕(武王)이 은(殷) 태사(太師) 기자를 조선에 책봉하였더니, 8조의 가르침을 베풀어서 예에 맞는 풍속을 일으켰다. 조정 안팎이 무사하였으며 인민들은 즐거워하였다. 그래서 대동강을 황하(黃河)와 영명령(永明嶺)을 숭산(嵩山)과 비교하면서 그들의 임금을 송도하였다. 이것은 고려에 들어선 이후에 지은 것이다.

● 오관산(五冠山)

<오관산>은 효자 문충(文忠)이 지은 것이다. 문충은 오관산 아래에서 살면서 어머니를 섬겼는데, 효도를 지극히 하였다. 그가 살고 있는 곳에서 서울까지는 30리였는데, 봉양을 위하여 벼슬을 하였다. 아침에 나갔다가 저녁에 돌아오면서 아침저녁 문안에 소홀하지 않았다. 그는 자기 어머니가 늙어 가는 것을 한탄하면서 이 노래를 지었다. 이제현은 그것을 시로 지어 풀었다.

나무토막으로 조그만 당닭을 깎아 만들어	木頭雕作小唐雞
젓가락으로 집어다가 벽에 앉혀 깃들이고	筋子拈來壁上栖
이 새가 꼬끼오 하고 시절을 알리면	此鳥膠膠報時節
어머니 얼굴 해가 서로 기우는 것 같으리	慈顏始似日平西

● 양주(楊州)

양주는 고려 한양부(漢陽府)다. 북쪽으로 화산(華山)에 기대었고 남쪽으로 한수(漢水)에 닿았다. 토지가 평평하고 넓으며, 물산이 풍부하고 인구가 많아 번화함이 다른 고을에 견줄 바가 아니다. 고을사람들은 남녀가 봄을 맞아 놀기 좋은 시절에 서로 즐기면서 이 노래를 불렀다.

● 월정화(月精花)

월정화는 진주 기녀다. 사록(司錄) 위제만(魏齊萬)이 그녀에게 빠졌다. 그의 부인이 근심하다 병이 들어 죽었다. 고을 사람들이 그것을 불쌍히 여겨 그 부인이 살아 있을 때 서로 사랑하지 않았던 사실을 덧붙여 말하여 그가 미처 빠져든 것을 나무랐다.

● 장단(長湍)

태조가 순행하면서 백성들의 풍속을 살피고 부족한 것을 도와주며 백성들과 더불어 즐겼다. 백성들이 그 덕을 오래도록 사모하여 잊지 않았다. 뒤에 어떤 왕이 장단에서 놀 때 악공들이 태조의 덕을 노래하여 송도하고 그 왕을 규계하였다.

● 정산(定山)

정산은 공주(公州)에 속한 현이다. 그 현 사람들이 이 노래를 지었는데, 규목착절(樛木錯節)[59]을 그것과 비유하여 복록을 송도하였다.

● 벌곡조(伐谷鳥)

벌곡이란 잘 우는 새다. 예종이 자기의 허물과 시국 정치의 득실을 듣고자 언로를 널리 열어 놓았다. 그래도 많은 아래 사람들이 말하지 않을까봐 이 노래를 지어 그들을 타일렀다.

● 원흥(元興)

원흥진(元興鎭)은 동북면(東北面) 화녕부(和寧府)에 속한 읍으로 큰 바닷가다. 읍 사람이 배를 타고 장사를 하다가 돌아왔더니 그의 아내가 기뻐서 그것을 노래하였다.

---

59) 『시경』 「주남」 <규목>편으로, 복록이 모이는 것을 휘어진 나무에 넝쿨이 휘감는 모양으로 표현하였다.

● 금강성(金剛城)

거란의 성종(聖宗)이 개경에 침입하여 궁궐을 불태웠다. 현종(顯宗)이 개경을 수복하고 나성(羅城)을 쌓으니 나라 사람들이 그것을 기뻐하여 노래하였다. 또 어떤 사람은 말하기를 '몽고 병을 피하여 강화도로 서울을 옮겼다가 다시 개경으로 돌아와서 이 노래를 지었다'고 한다. 금강성은 그 성의 견고함이 강철 같다는 말이다.

● 장생포(長生浦)

시중(侍中) 유탁(柳濯)이 전라도로 출진하였을 때 위엄과 은혜가 있어 군사들이 그를 사랑하면서도 두려워하였다. 왜적이 순천부(順天府) 장생포를 노략질하자 유탁이 가서 구원하였다. 왜적들은 바라보고 두려워서 바로 달아났다. 군사들이 크게 기뻐하며 이 노래를 지었다.

● 총석정(叢石亭)

<총석정>은 기철(奇轍)이 지은 것이다. 기철은 원나라 순제(順帝) 황후의 동생으로서 평장사(平章事) 벼슬을 하다가 사신의 명을 받들고 고려로 돌아오다 강릉에 이르러 이 정자에 올랐다. 사선(四仙)의 자취를 구경하고 망망 대해를 바라보면서 이 노래를 지었다.

● 거사련(居士戀)

먼 여행을 하는 사람의 아내가 이 노래를 지었는데, 까치와 거미에 가탁하여 남편이 돌아오기를 바랐다. 이제현이 시를 지어 풀었다.

까치는 울타리 가 꽃가지에서 시끄럽게 울고	鵲兒籬際噪花枝
갈거미는 침상 머리에서 그물 실을 뽑아낸다	蟢子床頭引網絲
내 낭군 돌아오실 날 틀림없이 멀지 않았구나	余美歸來應未遠
정성 지극하게 일찍이 사람에게 알려 주네	精神무己報人知

● 처용(處容)

신라 헌강왕(憲康王)이 학성(鶴城)에서 놀다가 개운포(開雲浦)까지 돌아왔을 때 갑자기 어떤 사람이 기이한 모습에 괴이한 옷을 입고 왕의 앞으로 나와서 노래와 춤으로 왕의 덕을 찬양하고 왕을 따라 서울로 들어왔다. 스스로 처용이라 하였으며 달 밝은 밤마다 저자에서 노래하고 춤추더니 나중에는 그가 있는 곳을 알지 못하였다. 당시 사람들은 신인(神人)이라고 생각하였고, 후세 사람들은 그를 기이하게 여겨 이 노래를 지었다. 이제현이 시를 지어 그것을 풀었다.

신라 옛적 처용옹은	新羅昔日處容翁
푸른 바다 속에서 왔다고 일컬어졌지	見說來從碧海中
조개 치아에 붉은 입술로 달밤에 노래하고	貝齒頳唇歌夜月
솔개 어깨 자주빛 소매로 봄바람에 춤추었지	鳶肩紫袖舞春風

● 사리화(沙里花)

세금이 번잡하고 힘에 겹고 권세가들도 빼앗아가니 백성들은 곤궁하고
재정이 축나게 되자 이 노래를 지어 참새가 곡식을 쪼아 먹는 것에 가탁하
여 그것을 원망하였다. 이제현이 시를 지어 그것을 풀었다.

참새야 어디에서 왔다가 어디로 날아가느냐	黃雀何方來去飛
한해의 농사는 알아본 적도 없이	一年農事不曾知
홀아비 늙은이가 혼자 밭 갈고 김매었는데	鰥翁獨自耕芸了
밭 가운데 벼와 수수를 다 없애버리다니	耗盡田中禾黍爲

● 장암(長巖)

평장사(平章事) 두영철(杜英哲)이 장암에 유배된 적이 있었는데, 한 노인과
친하게 되었다. 소환되어 돌아갈 때 그 노인은 그가 구차히 벼슬하는 것을
삼가게 하였다. 두영철이 그러겠다고 하였으나 후에 지위가 평장사에 이르
렀다가 결국 다시 죄에 빠져 그곳을 지나가게 되었다. 노인은 그를 보내면
서 이 노래를 지어 나무랐다. 이제현은 시를 지어 그것을 풀었다.

붙잡힌 참새야 너는 무얼 하다가	拘拘有雀爾奚爲
그물에 걸렸느냐 주둥이 노란 참새야	觸著網羅黃口兒
눈알은 원래 어디에 있었길래	眼孔元來在何許
불쌍하게도 걸렸구나 참새 이 못난 놈	可憐觸網雀兒癡

● 제위보(濟危寶)

어떤 아낙네가 죄를 지어 일꾼으로 제위보에서 일하게 되었다. 자신의
손이 어떤 사람에게 잡히자 한을 씻을 길이 없어 이 노래를 지어 스스로
슬퍼하였다. 이제현이 시를 지어 풀었다.

빨래하는 시냇가 수양버들 곁에서	浣沙溪上傍垂楊
손을 잡고 마음속 말하던 백마 탄 사내	執手論心白馬郞
비록 처마에 연이은 석 달 장마가 내려도	縱有連簷三月雨
손가락에 남은 향기를 차마 씻을 수 있을까	指頭何忍洗餘香

● 안동자청(安東紫靑)

부인은 자신의 몸으로써 남편을 섬기는데, 한 번 자기 몸을 잃으면 다른
사람들에게 천하게 여겨지고 미움을 받으므로 이 노래를 지었다. 실이 붉
은 색, 녹색, 푸른 색, 흰색으로 반복되는 것에 그것을 비유하여 가질 것은
가지고 버릴 것을 버리는 결정을 다하도록 하였다.

● 송산(松山)

송산은 개경(開京)의 진산이다. 태조가 개경에 도읍했을 때부터 여러 대 동
안 계승되고 나라의 복록이 길이 이어져 나가니 그 연유를 노래로 지었다.

● 예성강(禮成江)

옛날에 중국 상인 하두강(賀頭綱)이 있었는데 바둑을 잘 두었다. 예성강에 이르렀을 때 한 아름다운 부인을 보았다. 바둑으로 내기를 걸려고 그남편과 바둑을 두면서 이기지 못하는 척 물건을 곱으로 주었더니, 그 남편이 탐을 내어 아내를 걸었다. 두강이 단번에 승부를 내어 배에 싣고 떠났다. 그 남편이 후회하고 한탄하면서 이 노래를 지었다. 세상에 전하기는 "부인이 떠날 때 옷매무새를 대단히 단단하게 하였으므로 하두강이 그 부인을 간음하려고 하였으나 하지 못하였고, 배가 바다에 들어서자 빙글빙글 돌면서 가지 않았다. 점을 처보니 '정절 있는 부인에게 감동을 받았으니, 그 부인을 돌려보내지 않으면 배가 반드시 부서지리라'고 하였다. 뱃사람들이 두려워서 하두강에게 권하여 돌려보냈다. 부인 또한 노래를 지었는데, 뒤편이 그것이다"라고 한다.

● 동백목(冬栢木)

충숙왕 때 채홍철(蔡洪哲)이 죄를 지어 먼 섬으로 유배되어, 덕릉(德陵 : 충선왕)을 사모하고 이 노래를 지었다. 왕이 그것을 듣고 그날로 소환하였다. 그런데 예로부터 이 노래가 있었는데, 채홍철이 이에 첨가 수정하고 자기의 마음을 붙였다고도 한다.

● 한송정(寒松亭)

세상에 전하기를 "이 노래는 비파 밑바닥에 쓰여서 중국 강남(江南)까지 흘러갔는데, 강남 사람들이 그 가사를 해석하지 못했다. 광종 때 고려 사람 장진(張晉)공이 사신으로 강남에 갔더니 강남 사람들이 장진공에게 물었다. 시를 지어 그것을 풀었다"고 한다.

달이 밝구나 한송정의 밤	月白寒松夜
물결 잔잔한 경포의 가을	波安鏡浦秋
슬피 울며 왔다가나니	哀鳴來又去
소식 전하는 한 마리 갈매기	有信一沙鷗

● 정과정(鄭瓜亭)

<정과정>은 내시낭중(內侍郎中) 정서(鄭敍)가 지은 것이다. 정서는 스스로 과정이라고 호를 하였다. 혼인 외척으로 인종의 총애가 있었다. 의종이 즉위하자 그의 고향 동래(東萊)로 돌려보내면서 '오늘 가는 것은 조정의 의논에 궁색해진 것이니 오래지 않아 소환할 것이다'라고 하였다. 정서가 동래에 있은 지 오래 되었으나 소환 명령은 오지 않았다. 그래서 거문고를 어루만지며 노래 불렀는데, 그 가사가 극히 처량하였다. 이제현이 시를 지어 풀었다.

임금 생각에 눈물로 옷 적시지 않은 날 없으니	憶君無日不霑衣
참으로 봄 산의 두견새 같아라	政似春山蜀子規
옳다 그르다 사람들이여 묻지 말게나	爲是爲非人莫問
지는 달 새벽 별만은 알고 있으리	只應殘月曉星知

● 삼장(三藏)

삼장사 안에 등불 켜러 갔더니
어떤 사주가 내 손목을 잡았네
이 말이 절 밖에 나간다면
상좌 너의 말이라 하리라

三藏寺裏點燈去
有社主兮執吾手
倘此言兮出寺外
謂上座兮是汝語

● 사룡(蛇龍)

뱀이 용의 꼬리를 물고
태산 묏부리를 지나갔다 하네
온갖 사람 모두 한 마디씩 해도
짐작하긴 두 마음에 있는 법

有蛇舍龍尾
聞過太山岑
萬人各一語
斟酌在兩心

2. 『고려사』 소재 동요(童謠)

● 이원수요(李元帥謠)

서경성 밖 불빛이요	西京城外火色
안주성 밖 연기로세	安州城外煙光
그 사이 왕래하는 이원수여	往來其間李元帥
백성 구제한다 하소	願言救濟黔蒼

참고

위화도(威化島)에서 군사를 돌리기 전에 태조 이성계가 왕이 되기 전에 살던 마을에 동요가 퍼져 있었다.

● 목자득국(木子得國)

목자가 나라를 얻는다	木子得國

참고

장마가 며칠이 되어도 물이 넘치지 않았는데 군사가 건너고 나자, 큰물이 갑자기 닥쳐 온 섬이 잠기므로 사람들이 모두 신기하게 여겼다. 이때 동요 (童謠)에, '목자득국'이란 말이 있어 군사와 백성이 늙은이 젊은이 할 것 없이 모두 노래하였다.

● 우대후(牛大吼)

소가 크게 고함 지르고	牛大吼
용은 바다를 떠나	龍離海
얕은 물에서 맑은 물결 희롱 하누나	淺水弄淸波

● 남구요(南寇謠)

갑자기 한 번 남쪽에 도적 오더니	忽有一南寇
깊숙이 와우봉으로 들어오네	深入臥牛峯

참고

　신축년(辛丑年 : 1361) 홍건적(紅巾賊)이 침입했을 때, 12월에 공민왕이 복주(福州 : 지금의 경상북도 안동)에 이르렀다. 영호루(暎湖樓)에 거둥하여 드디어 배를 타고 다니며 감상하고, 호숫가에서 활을 쏘니 안렴사(按廉使)가 왕에게 잔치를 베풀어주었는데, 보는 사람들이 담처럼 늘어섰다. 어떤 사람은 옷깃을 돌리고 탄식하기도 하고, 어떤 사람은 참언을 외며 탄식하였다. 또 "옛날에 우대후를 들었더니 지금 그 징험을 보겠구나"라고 하였다

● 만수산(萬壽山)

만수산에 연기 안개 덮였네	萬壽山煙霧蔽

참고

충렬왕 20년(1294) 정월에 동요가 불려졌다. 얼마 되지 않아 원나라 세조
의 부고가 왔다.

● 묵책요(墨册謠)

가는 베로 도목을 만들어	用綜布作都目
정사가 참 묵책이로구나	政事眞黑册
그것에 기름칠 하려 해도	我欲油之
올해 삼씨가 적어	今年麻子少
아아 할 수가 없구나	噫 不得

참고

16년 9월에 밀직(密直) 김지경(金之鏡)이 관리 선발 직책을 맡았을 때 임
명을 함부로 하였다. 그 비준서 밑에는 실권을 잡은 사람들이 서로 붉은 색
과 검은 색으로 썼다 지웠다 하여 알아 볼 수가 없게 되었다. 당시 사람들
이 이것을 묵책(墨册 : 묵책은 두터운 종이에 먹칠을 하고 기름을 먹여 아이
들이 글자 연습 하는 것) 정사(政事)라고 하였다.

● 호목요(瓠木謠)

박나무 가지	瓠之木枝
잘라 물 한 복자	切之一水鐥
작은 대목 가지	陋臺木枝
잘라 물 한 복자	切之一水鐥
가세 가세 멀리 가세	去兮遠而去兮
저 산마루로 멀리 가세	彼山之嶺遠而去兮
서리 오지 않으면	霜之不來
낫 갈아 삼 베러 가세	磨鎌刈麻去兮

참고

고종 10년(1223) 3월 서울에서 "이번 달 초 8일에 사람이 문밖으로 나가면 죽는다"라는 요망한 말이 떠돌았으므로 이 날은 저자가 비었다. 18년(1231) 8월 을축일에 동경(東京 : 경주)에서 왕에게 급히 보고하기를 "목랑(木郎)이라는 자가 말하기를 '내가 적진에 이르렀는데 원수(元帥)는 어떠어떠한 사람이다. 우리들 5명이 적들과 싸우고자 하니 10월 18일을 기한으로 하여 무기와 안장을 갖춘 말을 보내면 당장에 적을 격파하고 승전 보고를 하겠다'고 하였습니다"라고 하였다. 그리고 시를 지어 최우(崔瑀)에게 보냈다. 그 내용은 "수명의 장단과 화복은 일정한 것이 아닌데, 사람마다 이 속에서 지내면서도 이것을 아는 이가 없더라. 재앙을 제거하고 행복을 얻는 것은 어려운 일이니 천상(天上)이나 인간에서 나를 두고 누구겠는가"라고 하였다. 최우가 이것을 귀담아 듣고 자기가 비밀리에 안장 갖춘 말을 그려서 내시 김지석(金之席)에게 주어 보냈더니 그 후에 징험이 없었다. 목랑이라는 것은 곧 나무귀신[木魅]이다. 36년(1249) 11월에 동요가 떠돌았다.

● 아야가(阿也歌)

아야 마고지나	阿也麻古之那
이제 가면 언제 오나	從今去何時來

참고

충혜왕 후 5년(1344) 왕이 전거(傳車)에 실려 급히 달려가던 도중에 천신만고를 겪으며 게양(揭陽)까지 가지 못하고 악양현(岳陽縣)에서 죽었다, 혹은 독살되었다 하고 혹은 귤에 중독되어 죽었다고도 하였다. 본국 사람들은 이 소식을 듣고 슬퍼하는 사람이 없었으며, 가난한 백성들은 심지어 기뻐 날뛰면서 "이제 다시 살아날 날을 보게 되었다"고까지 하였다. 궁중과 항간에서 노래가 유행하였다. 이때 사람들이 이 노래를 해석하기를 "악양에서 죽을 재난이 왔는데 오늘 가면 어느 때 돌아오나?"라는 것이라고 하였다

● 보현찰(普賢刹)

보현사가 어느 곳인고	何處是普賢刹
이곳에서 몽땅 죽었네	隨此盡同刀殺

참고

왕이 보현사로 가려고 오문(五門) 앞에 이르러 신하들을 불러서 술을 돌렸다. 술이 거나해지자 좌우를 돌아보면서 "훌륭하구나. 이곳에서는 병법을 연마할 수 있겠다"라고 하고, 무신들에게 오병수박희(五兵手搏戲)를 하게 하였다. 대장군 이소응(李紹膺)이 다른 한 사람과 서로 치고 받았는데, 이소응이 이기지 못해 달아났다. 한뢰(韓賴)가 그 앞을 가로막고 그의 뺨을 치니, 바로 섬돌 아래로 떨어졌다. 임금이 여러 신하들과 손뼉을 치면서 크게 웃

었고, 임종식(林宗植)과 이복기(李復基)도 이소응을 욕하였다. 이에 정중부(鄭仲夫)와 김광미(金光美), 양숙(梁肅), 진준(陳俊) 등이 몹시 놀라서 얼굴빛이 변하며 서로 쳐다보았다. 정중부가 성난 목소리로 한뢰를 힐책하기를, "이소응이 비록 무신이지만 벼슬이 3품이거늘, 어찌 이처럼 욕을 보이는가?"라고 하니, 임금이 정중부의 손을 잡고 달래었다. 이고(李高)가 칼을 뽑으면서 정중부에게 눈짓하였으나, 정중부가 그치게 하였다.

저녁에 왕이 보현사에 가까이 오자, 이고와 이의방(李義方)이 먼저 가서 왕의 말이라고 하고 순검군(巡檢軍)을 집합시켰다. 왕이 보현사 문으로 들어가고, 여러 신하들이 물러나려고 할 때 이고 등이 손으로 임종식(林宗植)과 이복기(李復基)를 문에서 쳐 죽였다. 좌승선(左承宣) 김돈중(金敦中)은 도중에 난이 일어난 것을 알고 취한 체하고 말에서 떨어져 도망하였다. 한뢰는 친한 환관에게 부탁하여 몰래 안으로 들어가서 왕의 침상 밑에 숨었다. 왕이 크게 놀라 환관 왕광취(王光就)에게 제지하게 하였다. 정중부가 말하기를, "재앙의 근원인 한뢰가 아직도 왕의 곁에 있으니, 그를 내보내어 목을 베도록 청합니다"라고 하였다. 내시 배윤재(裵允材)가 들어가 아뢰었으나, 한뢰가 임금의 옷을 잡고 나오지 않았다. 이고가 다시 칼을 빼서 그를 치니 그제야 나왔는데, 그 자리에서 죽여 버렸다. 지유(指諭) 김석재(金錫才)가 이의방에게 말하기를 "이고가 감히 어전에서 칼을 뽑았단 말인가?"라고 하였다. 이의방이 눈을 부릅뜨고 꾸짖으니, 김석재가 다시는 말하지 못하였다. 이에 승선(承宣) 이세통(李世通), 내시 이당주(李唐柱), 어사잡단(御史雜端) 김기신(金起莘), 지후(祗候) 유익겸(柳益謙), 사천감(司天監) 김자기(金子期), 태사령(太史令) 허자단(許子端) 등 왕을 모시던 문관과 대소 신료, 환관들 모두가 죽임을 당하였으니, 시체가 산처럼 쌓였다. 처음에 정중부와 이고가 약속하기를, "우리 편은 오른쪽 어깨를 벗고 머리에 쓴 복두(幞頭)를 벗어 버리자. 그러지 않은 자는 모두 죽이자"라고 하였기 때문에, 무인 중에서도 복두를 벗어 버리지 않은 자들이 많이 피살되었다.[60]

---

60) 『고려사』 외 다수

3. 이제현(李齊賢)·민사평(閔思平)의 소악부(小樂府)[61]

봄 옷을 벗어서 어깨에 걸치고	脫却春衣掛一肩
친구 불러 채마밭에 들어갔다네	呼朋去入菜花田
동서로 쫓아가며 나비 잡던 일들이	東馳西走追蝴蝶
어제의 놀이 같이 완연하구나	昨日嬉遊尙宛然
바윗돌에 구슬 떨어져 깨지긴 해도	縱然巖石落珠璣
꿰미실만은 끊어지지 않으리라	纓縷固應無斷時
님과 천추의 이별을 하였으나	與郞千載相離別
한 점 단심이야 변함이 있으랴	一點丹心何改移
도시 부근 하천에 제방이 터져	都近川頹制水坊
수정사 마당까지 물이 넘치네	水精寺裏亦滄浪
상방에 오늘밤 선녀를 숨겨두고	上房此夜藏仙子
절 주인이 다시 황모랑이 되었네	社主還爲黃帽郞
거꾸러진 보리 이삭 그대로 두고	從敎壟麥倒離披
가지 생긴 삼도 내버려 두었네	亦任丘麻生兩歧
청자와 백미를 가득 싣고서	滿載靑瓷兼白米
북풍에 오는 배만 기다리고 있네	北風船子望來時

---

61) 『고려사』에 실려 있는 이제현의 소악부는 제외한다.

＜어제 곽충룡(郭翀龍)을 만났더니 "급암이 소악부에 화답을 하려고 하였으나, 같은 일에 말이 겹치기 때문에 하지 않았다"고 한다. 나는 그에 대해서, "유우석(劉禹錫 : 당, 772~842)이 지은 죽지가(竹枝歌)는 기주(夔州)와 삼협(三峽) 지역의 남녀들이 서로 즐기던 사연이고, 소식(蘇軾 : 송, 1037~1101)은 이비(二妃)·굴원(屈原)·초(楚) 회왕(懷王)·항우(項羽)의 일을 엮어서 장가를 지었는데 옛사람의 것을 답습한 것이었던가? 급암만은 별곡으로 마음에 느낀 바를 취하여 새로운 가사를 짓는 것이 옳을 것이다" 하고 두 편을 지어 도발한다＞[62]

---

62) 두 노래 모두 제주도에 대한 노래다. 첫 번째 곡에는 "근래에 어떤 높은 관리가 봉지련(鳳池蓮)이라는 늙은 기생을 희롱하면서 '너희들이 돈 많은 중은 따르면서 사대부가 부르면 왜 그렇게 늦게 오느냐?'라고 하니 그 기생은 '요즈음 사대부들은 돈 많은 장사치의 딸을 데려다가 두 살림을 꾸리거나 아니면 그 종을 첩으로 삼는데, 우리가 진실로 중이고 아니고를 가린다면 어떻게 아침 저녁을 지내란 말이오?'라고 하므로 온 좌중이 부끄러운 표정을 지었다. 선우추(鮮于樞 : 원 서예가 1246년~1302)의 ＜서호곡(西湖曲)＞에 '서호의 화방에 어느 집 여자던고, 전두를 탐내 억지로 가무하네[西湖畫舫誰家女 貪得纏頭强歌舞]'라 하고 다시 '어떻게 해야 천금을 버리는 장사를 만나, 상복에서 행로를 노래할 수 있을지[安得壯士擲千金 坐令桑濮歌行露]'라고 하였다. 송나라가 망하자 선비들이 이런 식으로 생활을 하자 슬퍼한 것이다. 탐라의 이러한 곡은 아주 비루하지만 백성의 풍속을 보아 세태의 변화를 알 수 있다'라는 설명을 달았다. 두 번째 곡에는 "탐라는 지역이 좁고 백성들은 가난하였다. 과거에는 전라도에서 도자기와 쌀을 팔러 오는 장사꾼이 때때로 왔으나 숫자가 적었다. 지금은 관가와 여염집의 소와 말만 들에 가득하고 개간은 없는 데다가 오가는 벼슬아치의 행차가 베틀의 북처럼 드나들어 전송과 영접에 시달리게 되었으니 그 백성의 불행이었다. 그래서 여러 번 변이 생긴 것이다'라는 설명을 달았다.＜이제현, 『익재난고』＞

연인을 보려는 생각이 있다면　　　　　　情人相見意如存
황룡사 문 앞으로 와야 한다네　　　　　　須到黃龍佛寺門
빙설 같은 얼굴은 비록 보지 못해도　　　　氷雪容顔雖未覩
목소리 어렴풋이 들을 수 있을 테니　　　　聲音仿佛尚能聞

물거품을 물 가운데서 거두어　　　　　　浮漚收拾水中央
거칠고 성긴 베자루에 붓는다　　　　　　瀉入麤疏經布囊
어깨에 메고 오는 그 모습　　　　　　　擔荷肩來其樣範
세상사 허황한 것과 꼭 같네　　　　　　恰如人世事荒唐

먹구름에 다리도 끊겨 더욱 위험한데　　　黑雲橋亦斷還危
물결 고요한 때 은하수에 밀물 이네　　　　銀漢潮生浪靜時
이처럼 깜깜하고 깊은 밤에　　　　　　　如此昏昏深夜裏
진창길 미끄러운데 어디로 가려 하나　　　街頭泥滑欲何之

삼장사에 등불 켜러 갔더니　　　　　　　三藏精廬去點燈
주지가 가녀린 내 손을 잡네　　　　　　執吾纖手作頭僧
이 말이 절문 밖으로 새어 나간다면　　　　此言老出三門外
상좌의 수다 때문이리라　　　　　　　　上座閑談是必應

청실 홍실 초록 실　　　　　　　　　　紅絲祿線與靑絲
갖가지 잡색 실을 어디다 쓸까　　　　　　安用諸般雜色爲
내가 물들이고 싶을 때 물들이니　　　　　我欲染時隨意染
내겐 하얀 실이 가장 좋아　　　　　　　素絲於我最相宜

재삼 정중하게 거미에게 부탁하노니	再三珍重請蜘蛛
앞길 가로질러 거미줄 둘러 쳐 주오	須越前街結網圍
꽃의 나비 자만해 날 버리고 가거든	得意背飛花上蝶
거미줄에 붙어 제 잘못 뉘우치게	願令粘住省愆違

<종장 익재공이 요즘 지은 몇 편의 시를 적어 보여 주시니, 항렬을 접고 후진을 이끌어 도우려는 뜻이 깊고 절실하다. 비록 용렬하고 어리석은 나로서도 어찌 은덕을 느끼지 않으리오. 그러나 문장이 서툴고 난삽하여 반드시 화답할 수 없으리라고 스스로 생각하였기에 이제까지 미루었다. 황송한 때에 공께서 태만한 죄를 용서하시고 다시 소악부 두 장을 보여 주시니 더욱 감격하고 황송하여 삼가 이에 화답해 약간의 작품을 지었다. 재계한 뒤 잘 베껴서 공께 절하며 올린다>[63]

---

63) 민사평, 『급암시집』 권3, 소악부 6장

4. 『악학궤범(樂學軌範)』·『악장가사(樂章歌詞)』·『시용향악보(時用鄉樂譜)』의 속요[64)

● 동동(動動)

德으란곰비예받즙고福으란림비예받즙고德이여福이라호늘나슨라오소이다
아으動動다리   正月ㅅ나릿므른아으어져녹져ᄒ논ᄃᆡ누릿가온ᄃᆡ나곰몸하ᄒᆞ올로
녈셔아으動動다리   二月ㅅ보로매아으노피현燈ㅅ블다호라萬人비취실즈싀샷다
아으動動다리   三月나며開ᄒᆞᆫ아으滿春ᄃᆞᆯ욋고지여ᄂᆞ미브롤즈을디녀나샷다아
으動動다리   四月아니니저아으오실셔곳고리새여므슴다錄事니믄녯나를닛고신
뎌아으動動다리   五月五日애아으수릿날아춤藥은즈믄힐長存ᄒᆞ샬藥이라받즙
노이다이으動動다리   六月ㅅ보로매아으별해ᄇᆞ룐빗다호라도라보실니믈적곰좃
니노이다아으動動다리   七月ㅅ보로매아으百種排ᄒᆞ야두고니믈ᄒᆞᆫ ᄃᆡ녀가져願을
비숩노이다아으動動다리   八月ㅅ보로ᄆᆞᆫ아으嘉俳니리마른니믈뫼셔녀곤오늘
낤嘉俳샷다아으動動다리   九月九日애아으藥이라먹는黃花고지안해드니새셔가
만ᄒᆞ얘라아으動動다리   十月애아으져미연ᄇᆞ룻다호라것거ᄇᆞ리신後에디니실
ᄒᆞᆫ부니업스샷다아으動動다리   十一月ㅅ봉당자리예아으汗衫두퍼누워슬홀ᄉᆞ라
온뎌고우닐스싀옴녈셔아으動動다리   十二月ㅅ분디남ᄀᆞ로갓곤아으나을盤잇
져다호라니믜알픠드러얼이노니소니가재다므릇숩노이다이으動動다리[65)

──────────
64) 『악학궤범』과 『시용향악보』는 한자어를 한자 그대로 썼고, 『악장가사』는 한자와 한글을
   함께 썼다. 『시용향악보』는 악보이므로 첫 번째 곡의 가사만 썼고, 『악학궤범』과 『악장
   가사』는 가사 모두를 실었으나 『악학궤범』은 <동동> 외에는 곡 각각의 구분을 하지 않
   았고, 악장가사는 뒤편에 ㅇ를 써서 한 곡임을 표시하였다.
65) 곰비 : 뒷잔後杯(양)/신령(박), 림비 : 앞잔前杯(양)/임금(박), 오소이다 : 옵시다(양)/
   오십시오(박), 滿春ᄃᆞᆯ욋고지여 : 晩春달(3월) 외꽃이여(양)/滿春(늦봄) 진달래꽃이여(박),
   므슴다 : 어쩌다무슨 까닭인가(양)/무엇하다가무엇 때문에(박), 녯나를 : 옛날을(양박)/

● 정읍사(井邑詞)

前腔돌하노피곰도두샤어긔야머리곰비취오시라어긔야어강됴리小葉아으다롱디리後腔全져재녀러신고요어긔야즌뒤룰드뒤욜세라어긔야어강됴리過篇어느이다노코시라金善調어긔야내가논뒤졈그룰셰라어긔야어강됴리小葉아으다롱디리66)

● 삼진작(三眞勺)-정과정(鄭瓜亭)

前腔내님믈그리ᅀᆞ와우니다니中腔山졉동새난이슷ᄒᆞ요이다後腔아니시며거츠르신들아으附葉殘月曉星이아르시리이다大葉녁시라도님은ᄒᆞ뒤녀져라아으附葉벼기더시니뉘러시니잇가二葉過도허믈도千萬업소이다三葉물힛마리신뎌四葉술읏븐뎌아으附葉니미나룰ᄒᆞ마니ᄌᆞ시니잇가五葉아소님하도람드르샤괴오쇼셔67)68)

옛 나를, 닛고신뎌 : 계시단 말인가(양)/계시는구나(박), 새서가만ᄒ 애라 : 새서(歲序)가 만(晩)하여라(양)/새[新]서[처음보다] 가만하여래[아득하구나](박)/(술 향기가)새서 은은하여라/새서[草屋], 브룻 : 보로쇠[한국 보리수](양)/고로쇠(나무)(박)

66) 후강(後腔)전(全)져재 : 후강 전주(全州) 저자(양)/후강전 저자(박), 어느이다 : 어느 곳에 다가(양)/어느 것이나 다(박), 노코시라 : 놓고 계셨으면 좋겠다(양)/놓고 있으라(박)

67) 벼기더시니 : 우기시던 이(양)/어기시던 이(박), 물힛마리신뎌 : 뭇 사람의 말씀인 것이여(양)/맑게 하는·편안케 하는(박), 술읏븐뎌 : 슬프구나(양)/가슴이 미어지는구나(박)

68) 이상 3편 성현 등, 『악학궤범(樂學軌範)』 권5. 악무(樂舞)의 진행 과정은 생략하였다.

● 정석가(鄭石歌)

딩아돌하당금當今에계샹이다딩이돌하당금當今에계샹이다선왕성ᄃᆡ先王聖代예노니 ᅌᆞ와지이다 ○ 삭삭기셰몰애별혜나ᄂᆞᆫ삭삭기셰몰애별혜나ᄂᆞᆫ구은밤닷되를심고이다 ○ 그바미우미도다삭나거시아그바미우미드다삭나거시아유덕有德ᄒᆞᆫ신님믈여희 ᅌᆞ와지이다 ○ 옥玉으로련蓮ㅅ고즐사교이다옥玉으로련蓮ㅅ고즐사교이다바회우희접듀接柱ᄒᆞ요이다 ○ 그고지삼동三同이퓌거시아그고지삼동三同이퓌거시아유덕有德ᄒᆞᆫ신님여희 ᅌᆞ와지이다 ○ 므쇠로텰릭을몰아나ᄂᆞᆫ므쇠로텰릭을몰아나ᄂᆞᆫ텰사鐵絲로주롬바고이다 ○ 그오시다헐어시아그오시다헐어시아유덕有德ᄒᆞᆫ신님여희 ᅌᆞ와지이다 ○ 므쇠로한쇼를디여다가므쇠로한쇼를디여다가텰슈산鐵樹山애노호이다 ○ 그쇠텰초鐵草를머거아그쇠텰초鐵草를머거아유덕有德ᄒᆞᆫ신님여희 ᅌᆞ와지이다 ○ 구스리바회예디신ᄃᆞᆯ구스리바회예디신ᄃᆞᆯ긴힛ᄃᆞᆫ그츠리잇가 ○ 즈믄히ᄅᆞᆯ외오곰녀신ᄃᆞᆯ즈믄히ᄅᆞᆯ외오곰녀신ᄃᆞᆯ신信잇ᄃᆞᆫ그츠리잇가

● 청산별곡(靑山別曲)

살이리살어리랏다청산靑山애살어리랏다멀위랑ᄃᆞ래랑먹고청산靑山애살어리랏다얄리얄리얄랑셩알라리얄라 ○ 우러라우러라새여자고니러우러라새여널라와시름한나도자고니러우니로라얄리얄리얄라셩얄라리얄라 ○ 가던새가던새본다믈아래가던새본다잉무든장글란가지고믈아래가던새본다얄리얄리얄라셩얄라리얄라 ○ 이링공뎌링공ᄒᆞ야나즈란디내와손뎌오리도가리도업슨바므란쏘엇디호리라얄리얄리얄라셩얄라리얄라 ○ 어딕라더디던돌코누리라마치던돌코믜리도괴리도업시마자서우니노라얄리얄리얄라셩얄라리얄라 ○ 살어리살어리랏다바ᄅᆞ래살어리랏다ᄂᆞ모자기구조개랑먹고바ᄅᆞ래살어리랏다얄

리얄리얄라셩얄라리얄라○가다가가다가드로라에졍지가다가드로라사ᄉᆞ미짒대예올아서희금(奚琴)을혀거를드로라얄리얄리얄라셩얄라리얄라○가다니빅브른도괴셜진강수를비조라조롱곳누로기미와잡ᄉᆞ와니내엇디ᄒᆞ리잇고얄리얄리얄라셩얄라리얄라69)

● 서경별곡(西京別曲)

서경西京이아즐가서경西京이서울히마르는위두어렁셩두어렁셩다링디리○닷곤ᄃᆡ아즐가닷곤ᄃᆡ쇼셩경고외마른위두어렁셩두어렁셩다링디리○여히므론아즐가여히므논질삼뵈ᄇᆞ리시고의두어렁셩두어렁셩다링디리○괴시란ᄃᆡ아즐가괴시란ᄃᆡ우러곰좃니노이다위두어렁셩두어렁셩다링디리○구스리아즐가구스리바회예디신ᄃᆞᆯ위두어렁셩두어렁셩다링디리○긴히ᄯᆫ아즐가긴힛ᄯᆫ그츠리잇가나ᄂᆞᆫ위두어렁셩두어렁셩다링디리○즈믄ᄒᆡ를아즐가즈믄ᄒᆡ를외오곰녀신ᄃᆞᆯ위두이렁셩두어렁셩다링디리○신信잇ᄃᆞᆫ아즐가신信잇ᄃᆞᆫ그츠리잇가나ᄂᆞᆫ위두어렁셩두어렁셩다링디리○대동강大同江아즐가대동강大同江너븐디몰라셔위두어렁셩두어렁셩다링디리○ᄇᆡ내여아즐가ᄇᆡ내여노흔다샤공아위두어렁셩두어렁셩다링디리○네가시아즐가네가시럼난디몰라셔위두어렁셩두어렁셩다링디리○녈ᄇᆡ예아즐가녈ᄇᆡ예연즌다샤공아위두어렁셩두어렁셩다링디리○대동강大同江아즐가대동강大同江건넌편고즐여위두어렁셩두어렁셩다링디리○ᄇᆡ타들면아즐가ᄇᆡ타들면것고리이다나ᄂᆞᆫ위두어렁셩두어렁셩다링디리70)

---

69) 장글란 : 병기(兵器)일랑(양)/쟁기일랑(박), 에졍지 : 외딴 부엌(양)/준졍지(準淨地)(박)·청산

70) 고외마른 : 사랑하오이다마ᄂᆞᆫ(양)/조용합니다마ᄂᆞᆫ(박)

● 사모곡(思母曲)

　호믜도 놀 히언마ᄅᆞᆫ 낟ᄀᆞ티 들리도 업스니이다 아바님도 어이어신마ᄅᆞᆫ 위
덩더둥셩 어마님ᄀᆞ티 괴시리 업세라 아소 님하 어마님ᄀᆞ티 괴시리 업세라71)

● 쌍화점(雙花店)

　쌍화뎜雙花店에 쌍화雙花 사라 가고신딘 휘휘回回아비 내 손모글 주여이다 이
말ᄊᆞ미 이뎜店 밧긔 나명들명 다로러거디러죠고맛 감삿기 광대네 마리라 호리라
더러둥셩 다리러디러 다리러디러 다로러거디러 다로러 그 자리예 나도 자라 가리라
위위 다로러거디러 다로러 긔 잔딘ᄀᆞ티 덦거츠니 업다 ○ 삼장ᄉᆞ三藏寺애 브르 혀
라 가고신딘 그뎔샤쥬社主ㅣ 내 손모글 주여이다 이 말ᄊᆞ미 이뎔 밧긔 나명들명 다
로러거디러죠고맛 간삿기 샹좌上座ㅣ 네 마리라 호리라 더러둥셩 다리러디러 다리러
디러 다로러거디러 다로러 긔 자리예 나도 자라 가리라 위위 다로러거디러 다로
러 긔 잔딘ᄀᆞ티 덦거츠니 업다 ○ 드레우므레 므를 길라 가고신딘 우믓룡龍이 내 손
모글 주여이다 이 말ᄊᆞ미 이 우믈 밧씌 나명들명 다로러거디러죠고맛 간 드레바가
네 마리라 호리라 더러둥셩 다리러디러 다리러디러 다로러거디러 다로러 긔 자리예
나도 자라 가리라 위위 다로러거디러 다로러 긔 잔딘ᄀᆞ티 덦거츠니 업다 ○ 술 풀 지
븨 수를 사라 가고신딘 그짓아비 내 손모글 주여이다 이 말ᄊᆞ미 이 집 밧씌 나명들명
다로러거디러죠고맛 간 싀구비가 네 마리라 호리라 더러둥셩 다리러디러 다리러디
러 다로러거디러 다로러 긔 자리예 나도 자라 가리라 위위 다로러거디러 다로러 긔 잔
딘ᄀᆞ티 덦거츠니 업다72)

---

71) 아소 : 마소(양)/아소서 · 아시오(박)/감탄사
72) 덦거츠니 : 덦[鬱 답답한] 거츤[荒 거친] 이(양)/덦[滅, 蕪, 染 지저분한] 거츤(荒) 이(박)

● **이상곡(履霜曲)**

비오다가개야아눈하디신나래서린석석사리조본곱도신길헤다롱디우셔마
득사리마두너즈세너우지잠짜간내니믈너겨깃돈 열명길헤자라오리잇가죵죵
벽력싱 함타무간霹靂生陷墮無間고대셔싀어딜내모미죵벽력霹靂아 싱 함타무
간生陷墮無間고대셔싀어딜내모미내님두습고년뫼를 거로리이러쳐더러쳐이
러쳐더러쳐긔약期約이잇가아소님하혼 디녀졋긔약期約이이다73)

● **가시리**

가시리가시리잇고나눈 부 리고가시리잇고나눈 위증즐가대평셩되大平盛代
○날러는엇디살라 ᄒ고부 러고가시리잇고나눈 위증즐가대평셩되大平盛代○
잡ᄉᆞ와두어리마ᄂᆞᆫ선 ᄒ 면아니올셰라위증즐가대평셩되大平盛代○ 셜온님
보내읍노니나눈가시눈 둣도셔오쇼셔나눈 위증즐가대평셩되大平盛代74)

● **처용가(處容歌)**

신라셩되쇼셩되텬하대평라후덕쳐용新羅聖代昭聖代天下大平羅侯德處容
아바이시인싱以是人生애상블이常不語ᄒ 시란되이시인싱以是人生애상블어
常不語ᄒ 시란되삼직팔란三災八難이일시쇼멸一時消滅ᄒ 샷다어와아븨즈이
여쳐용處容아븨즈이여만두삽회滿頭揷花계우샤기울어신머리예아으슈명댱

---

73) 시룬 : 서리(盤蟠)ㄴ(양)/서리(霜)ᄂᆞᆫ(박), 석석사리 : 나무숲(양)(박)/석석(서걱서걱) 사리
(줄기), 깃단 : 그리한(양)/그이(죽은 망부)야(박), 아소 : 마소(양)/아서라·맙소서(박)
74) 션하면 : (눈에)션하면·서운하면(양)/그악스러우면·까딱 잘못하면(박)

원壽命長遠ᄒ샤넙거신니마해산샹山象이슷깅어신눈섭에이人샹견愛人相見ᄒ샤오올어신누네풍입영뎡風入盈庭ᄒ샤우글어신귀예홍도화紅桃花ᄀ티븕거신모야해오향五香마ᄐ샤옹긔어신고해아ᄋ천금千金머그샤어위어신이베빅옥류리白玉琉璃ᄀ티ᄒ어신닛바래人찬복셩人讚福盛ᄒ샤미나거신ᄐ개칠보七寶게우샤숙거신엇게예길경吉慶게우샤늘의어신ᄉ맷길혜설믜모도와유덕有德ᄒ신가ᄉ매복디구죡福智具足ᄒ샤브르거신빈예홍뎡紅鞓계우샤굽거신허리예동락대평同樂大平ᄒ샤길어신허튀예아ᄋ게면界面도ᄅ샤넙거신바래누고지이셰니오누고지어셰니오바ᄅᆯ도실도업시바ᄅᆯ도실도업시제용處容아비를누고지어셰니오마아만마아만ᄒ니여십이제국十二諸國이모다지어셰욘아ᄋ제용處容아비를마아만ᄒ니여머자외야자록리綠李여셜리나내싃고흘믜여라아니옷믜시면나리어다머즌말동경東京ᄇᆞᆯ근ᄃᆞ래새도록노니다가드러내자리를보니가ᄅ리네히로새라아ᄋ둘흔내해어니와둘흔뉘해어니오이런저긔체용處容아비옷보시면열병대신熱病大神이아회膾ㅅ가시로다천금千金을주리여쳐용處容아바칠보七寶를주리여체용處容아바천금칠보千金七寶도마오熱病神을날자바 주쇼셔산山이여믜히여천리외千里外예쳐용處容아비를어여너거저아ᄋ열병대신熱病大神의發願이샷다

● 만전춘별사(滿殿春別詞)

어름우희댓닙자리보와님과나와어러주글만뎡어름우희댓닙자리보와님과나와어러주글만뎡졍情둔오ᄂᆞᆳ범더듸새오시라더듸새오시라○경경耿耿고침샹孤枕上애어느ᄌᆞ미오리오셔창西窓을여러ᄒ니도화桃花ㅣ발發ᄒ두다도화桃花ᄂᆞᆫ시름업서쇼츈풍笑春風ᄒᄂᆞ다쇼츈풍笑春風ᄒᄂᆞ다○넉시라도님을ᄒᆞᆫᄃᆡ녀닛경景너기다니넉시라도님을ᄒᆞᆫᄃᆡ녀닛경景너기다니벼기더시니뉘러시니

잇가뉘러시니잇가○올하올하아련비올하여흘란어듸두고소해자라온다소콧얼
면어흘도됴ᄒ니여흘도됴ᄒ니○남산南山애자리보와옥산玉山을벼여누어금
슈산錦繡山니블안해샤향麝香각시를아나누어남산南山애자리보와옥산玉山
을벼여누어금슈산錦繡山니블안해샤향麝香각시를아나누어약藥든가슴
을맛초ᅀᆸ사이다맛초ᅀᆸ사이다○아소님하원듸평싱遠代平生애여힐ᄉ모ᄅᆞᅀᆸ
새75)

● 유구곡(維鳩曲)-속칭 비두로기

　비두로기새ᄂᆞᆫ비두로기새ᄂᆞᆫ우루믈우루듸버곡댱이사난됴해버곡댱이사난
됴해

● 상저가(相杵歌)

　듥긔동방해나디히히얘게우즌바비나자셔히얘아바님어마님ᄭᅴ받ᄌᆞᆸ고히야
해남거시든내머고리히야해히야해76)

---

75) 이상 9편 『악장가사(樂章歌詞)』
76) 이상 2편, 『시용향악보(時用鄉樂譜)』

제 4 장

경기체가(景幾體歌)

● 한림별곡(翰林別曲)

원슌문인노시공노亽류니졍언딘한림솽운쥬필튱긔뒤칙광균경의량경시부
元淳文仁老詩公老四六李正言陳翰林雙韻走筆沖基對策光鈞經義良鏡詩賦위
시댱試場ㅅ경景긔엇더ᄒ니잇고葉금ᄒ亽琴學士의옥슌문싱금ᄒ사玉笋門生
琴學士의옥슌문싱玉笋門生위날조차몃부니잇고○당한셔장로ᄌᆞ헌류문집니
두집난듸집븨락텬집모시샹셔쥬역츈츄주듸레긔唐漢書莊老子韓柳文集李杜
集蘭臺集白樂天集毛詩尙書周易春秋周戴禮記위주註조쳐내외옷경景긔엇더
ᄒ니잇고葉태평광긔亽빅여권대평광긔亽빅여권大平廣記四百餘卷大平廣記
四百餘卷위력남歷覽ㅅ경景긔엇더ᄒ니잇고○진경셔비빅셔힝셔초셔뎐류셔
과두셔우시남셔양슈필셔슈필眞卿書飛白書行書草書篆籒書蝌蚪書虞書南書
羊鬚筆鼠鬚筆빗기드러위딕논경景긔엇더ᄒ니잇고葉오싱류싱량션싱吳生劉
生兩先生의오싱류싱량션싱吳生劉生兩先生의위주필走筆ㅅ경景긔엇더ᄒ니
잇고○황금쥬빅ᄌᆞ쥬숑쥬례쥬듀엽쥬리화쥬오가피쥬잉무잔호박빈黃金酒栢
子酒松酒醴酒竹葉酒梨花酒五加皮酒鸚鵡盞琥珀盃예ᄀᆞ득브어위권상勸上ㅅ
경景긔엇더ᄒ니잇고葉류령도줌량션옹劉伶陶潛兩仙翁의류령도줌량션옹劉

伶陶潛兩仙翁의위취醉홋경景긔엇더ᄒ니잇고○홍모단빅모단뎡홍므딘홍쟉약빅쟉약뎡홍쟉약어류옥미황ᄌ쟝미지지동빅紅牧丹白牧丹丁紅牧丹紅芍藥白芍藥丁紅芍藥御柳玉梅黃紫薔薇芷芝冬栢위간발間發ㅅ경景긔엇더ᄒ니잇고葉합듀도화合竹桃花고온두분합듀도화合竹桃花고온두분위샹영相暎ㅅ경景긔엇더ᄒ니잇고○아양금문탁덕종무듕금듸어향옥긔향쌍개야阿陽琴文卓笛宗武中琴帶御香玉肌香雙伽倻ㅅ고금선비파종듸히금셜원댱고金善琵琶宗智嵇琴薛原杖鼓위과야過夜ㅅ경景긔엇더ᄒ니잇고葉일지홍一枝紅의빗근덕취일지홍笛吹一枝紅의빗근덕취笛吹위듣고아줌드러지라○봉리산방댱산영쥬삼산ᄎ삼산홍류각쟉약션ᄌ록발읶ᄌ금슈댱리쥬렴반권蓬萊山方丈山瀛洲三山此三山紅樓閣婥妁仙子綠髮額子錦繡帳裏珠簾半捲위등망오호登望五湖ㅅ경景긔엇더ᄒ니잇고葉록양록듁지뎡반綠楊綠竹栽亭畔애록양록듁지뎡반綠楊綠竹栽亭畔애위뎐황잉嗍黃鸎반갑두세라○당당당당츄ᄌ조협唐唐唐唐楸子皀莢남긔홍紅실로홍紅글위미요이다ᄒ고시라밀오시라뎡쇼년鄭少年하위내가논ᄃ님갈셰라葉샥옥셤셤쌍슈削玉纖纖雙手ㅅ길혜샥옥셤셤쌍슈削玉纖纖雙手ㅅ길혜위휴슈동유攜手同遊ㅅ경景긔엇더ᄒ니잇고[77]

● 관동별곡(關東別曲)

海千重山萬疊關東別境碧油幢紅蓮幕兵馬營主玉帶傾蓋黑槊紅旗鳴沙路爲巡察景幾何如朔方民物慕義趨風爲王化中興景幾何如

鶴城東元帥臺穿島國島轉三山移十洲金鼇頂上收紫霧卷紅嵐風恬浪靜爲登望滄溟景幾何如桂棹蘭舟紅粉歌吹爲歷訪景幾何如

叢石亭金幱窟奇巖怪石顛倒巖四仙峯蒼苔古碣我也足石巖回殊形異狀爲四

海天下無豆舍叱多玉簪珠履三千徒客爲又來悉何奴日是古

三日浦四仙亭奇觀異迹彌勒堂安祥渚三十六峯夜深深波激激松梢片月爲古溫貌我隱伊西爲乎伊多述郎徒矣六字丹書爲萬古千秋尙分明

仙遊潭永郎湖神淸洞裏綠荷洲靑瑤嶂風煙十里香冉冉翠靠靠琉璃水面爲泛舟景幾何如蓴羹鱸膾銀絲雪縷爲羊酪豈勿參爲里古

雪嶽東洛山西襄陽風景降仙亭祥雲亭南北相望騎紫鳳駕紅鸞佳麗神仙爲爭弄朱絃景幾何如高陽酒徒習家池館爲四節遊伊沙伊多

三韓禮義千古風流臨瀛古邑鏡浦臺寒松亭明月淸風海棠路菡萏池春秋佳節爲遊賞景何如爲尼伊古燈明樓上五更鍾後爲日出景幾何如

五十川竹西樓西村八景翠雲樓越松亭十里靑松吹玉篴弄瑤琴淸歌緩舞爲迎送佳賓景何如望槎亭上滄波萬里爲鷗伊鳥蘇甲豆斜羅

江十里壁千層屛圍鏡澈倚風巖臨水穴飛龍頂上傾綠蟻聳氷峯六月淸風爲避暑景幾何如朱陳家世武陵風物爲傳子傳孫景幾何如

● 죽계별곡(竹溪別曲)

竹嶺南永嘉北小白山前千載興亡一樣風流順政城裏他代無隱翠華峯王子藏胎爲釀作中興景幾何如淸風杜閣兩國頭御爲山水淸高景幾何如

宿水樓福田臺僧林亭子草庵洞郁錦溪聚遠樓上半醉半醒紅白花開山雨裏良爲遊興景幾何如高陽酒徒珠履三千爲携手相從景幾何如[78]

彩鳳飛玉龍盤碧山松麓紙筆峯硯墨池齊隱鄕校心趣六經志窮千古夫子門徒爲春誦夏絃景幾何如年年三月長程路良爲呵喝迎新景幾何如

楚山曉小雲英山苑佳節花爛熳爲君開柳陰谷忙待重來獨倚欄干新鶯聲裏爲

---

78) '高陽酒徒'부터는 『근재집(謹齋集)』에는 없음. 『죽계지(竹溪志)』에 근거하여 보충.

一朶綠雲垂未絶天生絶艶小紅時爲千里相思又奈何

　紅杏紛紛芳草萋萋樽前永日綠樹陰陰畫閣沈沈琴上薰風黃菊丹楓錦繡春山
鴻飛後良爲雪月交光景幾何如中興聖代長樂太平爲四節遊是沙伊多[79]

● 화산별곡(華山別曲)

　화산람한슈북됴션승디빅옥경황금궐평이동달봉티룡샹텬쟉형셰경위음양
華山南漢水北朝鮮勝地白玉京黃金闕平夷洞達鳳峙龍翔天作形勢經緯陰陽위
도읍도읍ㅅ경景긔엇더ㅎ니잇고葉태조태종창업이모태조태종창업이모太祖
太宗創業貽謀太祖太宗創業貽謀위디슈持守ㅅ딩景긔엇더ㅎ니잇고○납슈션
샹풍명광명졍대금초졀통샹고회복왜방션게션슐텬디교태ㅅ경령일納受禪上
稟命光明正大禁草竊通商賈懷服倭邦善繼善述天地交泰四境寧一위대평大平
ㅅ경景긔엇더ㅎ니잇고지셩튱효목린이도지셩튱효목린이도至誠忠孝睦隣以
道至誠忠孝睦隣以道위량득兩得ㅅ경景긔엇더ㅎ니잇고○존경외계일욕궁힝
인의기경연람경ㅅ혹관텬인티뎐집현ㅅ시강혹츈츄졔슐存敬畏戒逸欲躬行仁
義開經筵覽經史學貫天人置殿集賢四時講學春秋製述위우문右文ㅅ경景긔엇
더ㅎ니잇고葉텬죵지셩혹문지미텬죵지셩혹문지미天縱之聖學文之美天縱之
聖學文之美위고금古今ㅅ경景에몃부니잇고○훈병셔교뎐법이습좌쟉슌시령
틱한광블폐수슈만긔뢰무살블진믈락블극반訓兵書教陣法以習坐作順時令擇
閑曠不廢蒐狩萬騎雷騖殺不盡物樂不極盤위강무講武ㅅ경景긔엇더ㅎ니잇고
葉댱려각고안블망위댱려각고안블망위長慮却顧安不忘危長慮却顧安不忘危
위예비預備ㅅ경景긔엇더ㅎ니잇고○구텬직민안궁극근ㅅㅅ진튱딕퇴간샤흠
휼형벌고고톤금슉야도티일신일일懼天災憫人窮克謹祀事進忠直退奸邪欽恤

刑罰考古論今夙夜圖治日愼一日 위무일無逸ㅅ경景긔엇더ㅎ니잇고 葉텬싱셩쥬이혜동인텬 싱셩쥬이혜동인天生聖主以惠東人天生聖主以惠東人 위천셰千歲를누리쇼셔〇 경회루광연루최외쟝할즙연분납호긔유목텬표강산풍월경개만천션탕올연慶會樓廣延樓崔嵬敵割輯煙氛納灝氣遊目天表江山風月景槩萬千宣暢鬱煙 위둥람登覽ㅅ경景긔엇더ㅎ니잇고 葉봉릭방댱영쥬삼산봉릭방댱영쥬삼산蓬萊方丈瀛洲三山蓬萊方丈瀛洲三山 위어데가어드리잇고〇 지어자지어효텬성동환지어인지어경명량상득션텬하우후텬하락락이블요止於慈止於孝天性同歡止於仁止於敬明良相得先天下憂後天下樂樂而不嬈 위시연侍宴ㅅ경景긔엇더ㅎ니잇고 葉텬싱셩쥬부모동인텬싱셩쥬부모동인天生聖主父母東人天生聖主父母東人 위만세萬歲를누리쇼셔〇 권룡상후민싱빈양방본슝례양샹튱신고결민심덕퇵지극풍화지흡숑셩양일勸農桑厚民生培養邦本崇禮讓尙忠信固結民心德澤之克風化之洽頌聲洋溢 위댱티長治ㅅ경景긔엇더ㅎ니잇고 葉화산한슈됴션왕업화산한슈됴션왕업華山漢水朝鮮王業華山漢水朝鮮王業 위병구业久ㅅ경景긔엇더ㅎ니잇고

● 오륜가(五倫歌)

판음양위고하텬존디비싱만믈후려민딕작셩현인의례디산강오샹병이지덕判陰陽位高下天尊地卑生萬物厚黎民代作聖賢仁義禮智三綱五常秉彝之德 위만고류힝萬古流行ㅅ경景긔엇더ㅎ니잇고 葉복희신롱황뎨요슌복희신롱황뎨요슌伏羲神農皇帝堯舜伏羲神農皇帝堯舜 위닙극立極ㅅ경景긔엇더ㅎ니잇고〇 부위텬모위디싱아구로양이유교이의욕보홍은읍듁슌싱고빙어약지셩감신父爲天母爲地生我劬勞養以乳敎以義欲報鴻恩泣竹笋生扣氷魚躍至誠感神 위양로養老ㅅ경景긔엇더ㅎ니잇고 葉중슴민자량션싱曾參閔子兩先生의중슴민

조량선싱曾參閔子兩先生의위뎡셩定省ㅅ경景긔엇더호니잇고○납간군진튱
신거인유의샹문덕도무공민득기소경뎐착정함포고복대평셩딕納諫君盡忠臣
居仁有義尙文德韜武功民得其所耕田鑿井含飽鼓腹大平盛代위복당우復唐虞
ㅅ경景긔엇더호니잇고葉긔린필지봉황릭의긔린필지봉황릭의麒麟必至鳳凰
來儀麒麟必至鳳凰來儀위셔셔祥瑞ㅅ경景긔엇더호니잇고○남유실려유가뎐
뎡기비납쳥안합이셩문뎡궐샹졍셔호합여고슬금부챵부슈男有室女有家天定
其配納雙鴈合二姓文定厥祥情勢好合如鼓瑟琴夫唱婦隨위화락和樂ㅅ경景긔
엇더호니잇고葉빅년히로ㅅ즉동혈빅년히로ㅅ즉동혈百年偕老死卽同穴百年
偕老死卽同穴위언약言約ㅅ경景긔엇더호니잇고○형급데식샹호무샹유의격
우쟝외어모ㅅ싱샹구형공뎨슌딜연유서화락챠답兄及弟式相好無相猶矣関于
墙外禦侮死生相救兄恭弟順秩然有序和樂且湛위양의讓義ㅅ경景긔엇더호니
잇고葉빅이슉제량셩인伯夷叔齊兩聖人의빅이슉제량셩인伯夷叔齊兩聖人의
위샹양相讓ㅅ경景긔엇더호니잇고○익우삼손우삼튁기션죵보기덕칙기션무
망고구유쥬서아무쥬고아즌준무아益友三損友三擇其善從補其德責其善無忘
故舊有酒淆我無酒沽我蹲蹲舞我위표셩表誠ㅅ경景긔엇더호니잇고葉안평듕
晏平仲의션여인교안평듕善與人交晏平仲의션여인교善與人交위구이경지久
而敬之ㅅ경景긔엇더호니잇고

● **연형제곡(宴兄弟曲)**

  부싱아모륙아동긔련지면강보탁반란듁마희희식필동안유필공방무일블히
父生我母育我同氣連枝免襁褓著班爛竹馬嬉戲食必同案遊必共方無日不借위
샹이相愛ㅅ경景긔엇더호니잇고葉량디량능텬부ㅅ연량디량능텬부사연良智
良能天賦使然良知良能天賦使然위솔셩率性ㅅ경景긔엇더호니잇고○취외부

혹유의효히ᄉ리혹셔ᄌ혹딕구호샹즉효아일ᄉ매이월ᄉ졍됴익모습就外傅學
幼儀曉解事理或書字或對句互相則效我日斯邁而月斯征朝益暮習위샹변相勉
ᄉ경景긔엇더ᄒ니잇고葉듕양블듕디양블디듕양블듕디양블지中養不中才養
不才中養不中才養不才위진덕進德ᄉ경景긔엇더ᄒ니잇고○가샹톄영힝위돈
기우이송각궁관갈류계기쇠박긔무타인블어동부텬싱우익歌常棣詠行葦敦其
友愛誦角弓觀葛藟戒其衰薄豈無他人不如同父天生羽翼위후륜厚倫ᄉ경景긔
엇더ᄒ니잇고葉빅년우락슈족샹슈빅년우락슈족샹슈百年憂樂手足相須百年
憂樂手足相須위영호永好ᄉ경景긔엇더ᄒ니잇고○유대덕리대위승룡어텬포
겸공근명분격슈신직댱침대피이비본근유일게신有大德履大位乘龍御天抱兼
恭謹名分恪守臣職長枕大被以庇本根惟日戒愼위량젼兩全ᄉ경景긔엇더ᄒ니
잇고葉텬존디비졍의교통텬존디비졍의교통天尊地卑情意交通天尊地卑情意
交通위무간無間ᄉ경景긔엇더ᄒ니잇고○ᄋᆡ지심경지지통우신명시우가시어
졍민흥어인풍슌쇽미훈위대화산샹티셔愛之深敬之至通于神明始于家始於政
民興於仁風淳俗美熏爲大和産祥致瑞위태티泰治ᄉ경景긔엇더ᄒ니잇고葉슌
덕소감만복릭슝슌덕소감만복릭슝順德所感萬福來崇順德所感萬福來崇위슈
챵壽昌ᄉ딩景긔엇더ᄒ니잇고

● 상대별곡(霜臺別曲)

화산람한슈븍쳔년승디광통교운죵개華山南漢水北千年勝地廣通橋雲鍾街
건나드리락락댱숑뎡뎡고빅츄상오부落落長松亭亭古栢秋霜烏府위만고쳥풍
萬古淸風ᄉ경景긔엇더ᄒ니잇고葉영웅호걸일시인ᄌ영웅호걸일시인ᄌ英雄
豪傑一時人才英雄豪傑一時人才위날조차몃분니잇고○계긔명텬욕효ᄌ믹댱
뎨대ᄉ허노집의딕댱어ᄉ가학참난젼아후옹벽뎨자우雞旣鳴天欲曉紫陌長堤

大司憲老執義臺長御史駕鶴驂鸞前呵後擁辟除左右위샹되上臺ㅅ경景긔엇더
ᄒ니잇고葉싁싁ᄒ더풍헌소ᄉ風憲所司싁싁ᄒ더풍헌소ᄉ風憲所司위진긔
퇴강振起頹綱ㅅ경景긔엇더ᄒ니잇고○각방비례필후대텽제좌정기도명기의
참쟉고금시졍득실민간니해구폐됴됴　各房拜禮畢後大廳齊坐正其道明其義參
酌古今時政得失民間利害救弊條條위징샹狀上ㅅ경景긔엇더ᄒ니잇고葉군명
신딕대평셩딕군명신딕대평셩딕君明臣直大平盛代君明臣直大平盛代위죵간
여류從諫如流ㅅ경景긔엇더ᄒ니잇고○원의후공ᄉ필방쥬유ᄉ탈의관호션싱
圓議後公事畢房主有司脫衣冠呼先生셧거안자핑룡포봉황금례쥬만루되쟌　烹
龍炮鳳黃金醴酒滿鏤臺盞위권샹勸上ㅅ경景긔엇더ᄒ니잇고　葉즐거온뎌션싱
감찰先生監察즐거온뎌션싱감찰先生監察위취醉醉횻경景긔엇더ᄒ니잇고○초
퇴셩음楚澤醒吟이아여ᄂ됴ᄒ니록문댱왕鹿門長往이아너ᄂ됴ᄒ녀명량샹우
하쳥셩되明良相遇河淸盛代예총마회집驄馬會集이아난됴하이나[80]

---

80)『악장가사』

악장(樂章)

● 용비어천가(龍飛御天歌)

제1장 해동장(海東章)

　　海東六龍이ᄂᆞᄅ샤일마다天福이시니古聖이同符ᄒ시니

제2장 불휘장

　　불휘기픈남ᄀᆞᆫᄇᆞᄅ매아니뮐씨곶됴코여름하ᄂᆞ니

　　ᄉᆞ미기픈므른ᄀᆞᄆᆞ래아니그츨씨내히이러바ᄅᆞ래가ᄂᆞ니

제3장 주국장(周國章)

　　周國大王이豳谷애사ᄅᆞ샤帝業을여르시니

　　우리始祖ㅣ慶興에사ᄅᆞ샤王業을여르시니

제4장 적인장(狄人章)

　　狄人ㅅ서리예가샤狄人이ᄀᆞᆯ외어늘岐山올ᄆᆞ샴도하ᄂᆞᆯ쁘디시니野人

　　ㅅ서리예가샤野人이ᄀᆞᆯ외어늘德源올ᄆᆞ샴도하ᄂᆞᆯ쁘디시니

제5장 칠저장(漆沮章)

漆沮 ▽ 생움홀 後聖이 니르시니 帝業憂勤이더러 ᄒ시니 赤島안햇 움홀
至今에 보ᅀᆞᆸᄂᆞ니 王業艱難이 이러 ᄒ시니

제6장 상덕장(商德章)

商德이 衰ᄒ거든 天下를 맛ᄃ시릴ᄊᆡ 西水ㅅ ▽ 쉬 져재ᄀᆞᆮ ᄒ니 麗運이
衰ᄒ거든 나라 홀 맛ᄃ시릴ᄊᆡ 東海ㅅ ▽ 쉬 져재ᄀᆞᆮ ᄒ니

제7장 불근새장

불근새 그를 므러 寢室이페 안ᄌ니 聖子革命에 帝祜를 뵈ᅀᆞᆸ ᄫ니ᄫ야미
가칠 므러 즘겟가재 연ᄌ니 聖孫將興에 嘉祥이 몬제시니

제125장 천세장(千世章)

千世우희 미리 定ᄒ샨 漢水北에 累仁開國ᄒ샤 卜年이 ᄀᆞᆾ 업스시니 聖神
이니ᅀᆞ샤도 敬天勤民ᄒ샤ᅀᅡ 더욱 구드시리이다 님금하 아ᄅᆞ쇼셔 洛水
예 山行가 이셔 하나빌 미드니잇가

＜第一百二十五章＞81)

● **봉황음(鳳凰吟)**

前腔山河千里國에 佳氣鬱葱葱ᄒ샷다 金殿九重에 明日月ᄒ시니 群臣千載예
會雲龍이샷다 熙熙庶俗은 春臺上이어늘 濟濟群生은 壽域中이샷다 附葉濟濟群
生은 壽域中이샷다 中葉高厚無私ᄒ샤 美貺臻ᄒ시니 祝堯皆是大平人이샷다 附

81) 정인지(鄭麟趾 : 1396~1478) 등, 『용비어천가』

葉祝堯皆是大平人이샷다小葉熾而昌ᄒ시니礼樂光華ㅣ邁漢唐이샷다後腔金
枝秀出千年聖ᄒ시니縣飈增隆萬歲基샷다邦家累慶이超前古ᄒ시니天地同和
ㅣ卽此時샷다附葉天地同和ㅣ卽此時샷다中葉豫遊淸曉애玉興來ᄒ시니人頌
南山ᄒ야薦壽杯샷다附葉人頌南山ᄒ야薦壽杯샷다小葉配于京ᄒ시니十二瓊
樓ㅣ帶五城이샷다大葉道與乾坤合恩隨雨露新이샷다千箱登黍秾庶彙荷陶鈞
이샷다帝錫元符ᄒ샤揚瑞命ᄒ시니滄溟重潤ᄒ고月重輪이샷다附葉滄溟重潤
ᄒ고月重輪이샷다中葉風流楊柳에舞輕盈ᄒ니自是豊年에有笑聲이샷다附葉
自是豊年에有笑聲이샷다小葉克配天ᄒ시니聖子神孫이億萬年이쇼서

〈윤회(尹淮 : 1380~1436)〉[82]

● 납씨가(納氏歌) 독소납씨가정동방곡개용(讟所納氏歌靖東方曲皆用)

納氏恃雄强ᄒ야入寇東北方ᄒ더니縱傲誇以力ᄒ니鋒銳라不可當이로다我
后ㅣ倍勇氣ᄒ샤挺身衝心胸ᄒ샤一射애斃偏裨ᄒ시고再射애及魁戎ᄒ시다褰
槍不可救ㅣ라追奔星火馳ᄒ더니風聲이固可畏어늘鶴唳도亦堪疑로다卓矣莫
敢當ᄒ니東方이永無虞ㅣ로다功成이在此擧ᄒ시니垂之千萬秋ㅣ샷다

〈정도전(鄭道傳 : 1342~1398)〉

● 정동방곡(靖東方曲)

緊東方阻海陲彼狡童竊天機ᄒ니이다
　偉東王德盛

肆狂謀興戎師禍之極靖者誰어니오
    偉東王德盛
天相德回義旗罪其黜逆其夷ᄒ샷다
    偉東王德盛
皇乃懌覃天施軍以國俾我知ᄒ샷다
    偉東王德盛
於民社有攸歸千萬世傳無期ᄒ쇼셔
    偉東王德盛

〈정도전〉

● 신도가(新都歌)

네ᄂᆞᆫ양쥬楊州ㅣ고올히여디위예신도형승新都形勝이샷다ᄀ|국셩왕開國聖王이셩ᄃᆡ聖代를니르어샷다잣다온뎌당금경當今景잣다온뎌셩슈만년聖壽萬年ᄒ샤만민萬民의함락咸樂이샷다아으다롱다리알ᄑᆞᆫ한강슈漢江水여듸흔삼각산三角山이여덕듕德重ᄒ신강산江山즈으메만세萬歲를누리쇼셔

〈정도전〉

● 감군은(感君恩)

ᄉᆞ히四海바닷기픠ᄂᆞᆫ닫줄로자히리어니와님의덕택德澤기픠ᄂᆞᆫ어늬줄로자히리잇고향복무강享福無疆ᄒ샤만세萬歲를누리쇼셔향복무강享福無疆ᄒ샤만세萬歲를누리쇼셔일간명월一竿明月이역군은亦君恩이샷다○태산泰山이놉다컨마ᄅᆞᆫ ᄂᆞᆫ하ᄅᆞᆯ해ᄃᆞᆷ밋거니와님의놉ᄑᆞ샨은恩과덕德과ᄂᆞᆫ하ᄂᆞᆯ ᄀᆞ티노ᄑᆞ샷

다향복무강享福無疆ㅎ샤만세萬歲를누리쇼셔향복무강享福無疆ㅎ샤만세萬歲를누리쇼셔일간명월一竿明月이역군은亦君恩이샷다○ ㅅ히四海넙다흔바다 흔쥬즙舟楫이면건너리어니와님의너브샨은퇴恩澤을츳싱此生애갑소오릿가향복무강享福無疆ㅎ샤만세萬歲를누리쇼셔향복무강享福無疆ㅎ샤만세萬歲를누리쇼셔일간명월一竿明月이역군은亦君恩이샷다○ 일편단심一片丹心샌을하놀하아ㄹ쇼셔빅골미분白骨麋粉인들단심丹心이쏜가시리잇가향복무강享福無疆ㅎ샤만세萬歲를누리쇼셔향복무강享福無疆ㅎ샤만세萬歲를누리쇼셔일간명월一竿明月이역군은亦君恩이샷다

<상진(尙震)>

● 유림가(儒林歌)

　오빅년五百年이도라황히黃河ㅅㅁ리믈가성쥬聖主ㅣ듕홍重興ㅎ시니만민萬民의함락咸樂이로다오빅년五百年이도라긔슈沂水ㅅㅁ리믈가성쥬聖主ㅣ듕홍重興ㅎ시니빅곡百穀이풍등豊登ㅎ샷다葉아궁챠락我窮且樂아궁챠궁챠락窮且窮且樂아욕호긔풍호무우영이귀浴乎沂風乎舞雩詠而歸호리라아궁챠락我窮且樂아궁챠궁챠락窮且窮且樂아○ 오빅년五百年이도라ㅅ슈泗水ㅅㅁ리믈가성쥬聖主ㅣ듕홍重興ㅎ시니텬하天下ㅣ대평大平ㅎ샷다오빅년五百年이도라한슈漢水ㅅㅁ리믈가성쥬聖主ㅣ듕홍重興ㅎ시니간과干戈ㅣ식정息靜ㅎ샷다葉아궁챠락我窮且樂아궁챠궁챠락窮且窮且樂아욕호긔풍호무우영이귀浴乎沂風乎舞雩詠而歸호리라아궁챠락我窮且樂아궁챠궁챠락窮且窮且樂아○ 오빅년五百年이도라ㅅ해四海ㅅㅁ리믈가성쥬聖主ㅣ듕홍重興ㅎ시니민지부모民之父母ㅣ샷다게림桂林마딧학鶴이각션지却詵枝예안재라텬샹강리天上降來ㅎ시니인간봉릭人間蓬萊샷다葉아궁챠락我窮且樂아궁챠궁챠락窮

且窮且樂아욕호긔풍호무우영이귀浴乎沂風乎舞雩詠而歸호리라아궁챠락我
窮且樂아궁챠궁챠락窮且窮且樂아○단혈구포丹穴九包ㅅ봉鳳이구듕궁궐九
重宮闕에안재라남덕딕의覽德來儀ᄒ시니듕홍셩쥬重興聖主샷다됴양벽오朝
陽碧梧ㅅ봉鳳이당금當今에우루믈우러셩문우텬聲聞于天ᄒ시니문티대평文
治大平ᄒ샷다葉아궁챠락我窮且樂아궁챠궁챠락窮且窮且樂아욕호긔풍호무
우영이귀浴乎沂風乎舞雩詠而歸호리라아궁챠락我窮且樂아궁챠궁챠락窮且
窮且樂아○쥬리삼쳔긱珠履三千客과쳥금칠십도青衿七十徒와묘의쳔ᄌ후杳
矣千載後에긔무기인豈舞其人이리오황각삼십년黃閣三十年과쳥풍일만고淸
風一萬古와아여방어두我與房與杜로죵시여일終始如一호리라葉아궁챠락我
窮且樂아궁챠궁챠락窮且窮且樂아욕호긔풍호무우영이귀浴乎沂風乎舞雩詠
而歸호리라아궁챠락我窮且樂아궁챠궁챠락窮且窮且樂아○십연형셜탑十年
螢雪榻애빅의일셔싱白衣一書生이여잠등룡방후暫登龍榜後에각뎌쳥운脚底
青雲이로다봉셩쳔고디鳳城千古地에흑교學校를비排ᄒ야이다넌년삼월모年
年三月暮애나리라쟝원랑壯元郎이여葉아궁챠락我窮且樂아궁챠궁챠락窮且
窮且樂아욕호긔풍호무우영이귀浴乎沂風乎舞雩詠而歸호리라아궁챠락我窮
且樂아궁챠궁챠락窮且窮且樂아

<작가 모름>[83]

---

83) 이상 5곡, 『악장가사』

제6장

시조(時調)

梨花에 月白ᄒ고 銀漢이 三更인지
一枝春心을 子規야 알랴마ᄂᆞᆫ
多情도 病인 양ᄒ여 ᄌᆞᆷ 못 드러 ᄒ노라

<이조년(李兆年 : 1269~1343)>

春山에 눈 노긴 ᄇᆞ람 건듯 불고 간ᄃᆡ 업다
져근듯 비러다가 불리고쟈 마리 우희
귀 밋ᄐᆡ 무근 서리를 노겨 볼가 ᄒ노라

ᄒᆞᆫ손에 막ᄃᆡ 잡고 쏘 ᄒᆞᆫ 손에 가ᄉᆡ 쥐고
늙ᄂᆞᆫ 길 가ᄉᆡ로 막고 오ᄂᆞᆫ 白髮 막ᄃᆡ로 치려터니
白髮이 제 몬져 알고 즈럼길노 오더라

<우탁(禹倬 : 1262~1342)>

白雪이 즈자진 골에 구루미 머흐레라
반가온 梅花는 어니 곳에 픠엿는고
夕陽에 홀로 서 이셔 갈 곳 몰라 하노라

<이색(李穡 : 1328~1396)>

구룸이 無心튼 말이 아마도 虛浪ᄒ다
中天에 써이셔 任意로 ᄃ니면서
구틔야 光明혼 날빗츨 짜라가며 덥느니

<이존오(李存吾 : 1341~1371)>

가마귀 싸호는 골에 白鷺야 가지 마라
셩낸 가마귀 흰 빗츨 시올셰라
淸江에 조히 시슨 몸을 더러일까 ᄒ노라

<정몽주(鄭夢周 : 1337~1392) 모친>

이 몸이 주거주거 一百番 고쳐주거
白骨이 塵土되여 넉시라도 잇고 업고
님향한 一片丹心이야 가싈 줄이 이시랴

<정몽주>

한역) 此身死了死了 一百番更死了 白骨爲塵土 魂魄有也無 向主一片丹心 寧有改
理也歟   <단심가(丹心歌)>[84]

---

84) 심광세(沈光世 : 1577~1624), 『해동악부(海東樂府)』

이런들 엇더ᄒ며 저런들 엇더ᄒ리
萬壽山 드렁츩이 얼거진들 긔 엇더ᄒ리
우리도 이 ᄀᆺ치 얼거져 百年ᄭᅡ지 누리리라

<이방원(李芳遠 : 1367～1422)>

한역) 此亦何如 彼亦何如 城隍堂後垣 頹落亦何如 我輩若此爲 不死亦何如

<하여가(何如歌)>[85]

興亡이 有數ᄒ니 滿月臺도 秋草로다
五百年 王業이 牧笛에 부쳐시니
夕陽에 지나는 客이 눈물 계워 ᄒ노라

눈마자 휘어진 대를 뉘라서 굽다턴고
구블 節이면 눈 속에 프를소냐
아마도 歲寒孤節은 너 ᄲᅳᆫ인가 ᄒ노라

<원천석(元天錫 : 1330～?)>

仙人橋 나린 물이 紫霞洞에 흘너 드러
半千年 王業이 물 소ᄅᆡ ᄲᅮᆫ이로다
아희야 故國興亡을 무러 무슴 ᄒ리오

<정도전(鄭道傳 : 1342～1398)>

---

85) 심광세, 위의 책

五百年 都邑地를 匹馬로 도라드니
山川은 依舊ᄒ되 人傑은 간 듸 업다
어즈버 太平烟月이 숨이런가 ᄒ노라

<길재(吉再 : 1353~1419)>

江湖에 봄이 드니 미친 興이 졀로 난다
濁醪 溪邊에 錦鱗魚 安酒ㅣ로다
이 몸이 閒暇ᄒ옴도 亦君恩이샷다

江湖에 녀름이 드니 草堂에 일이 업다
有信흔 江波는 보내ᄂ니 ᄇ람이로다
이 몸이 서늘ᄒ옴도 亦君恩이샷다

강호에 ᄀ올이 드니 고기마다 술져 잇다
小艇에 그믈 시러 흘니 씌여 더져 두고
이 몸이 消日ᄒ옴도 亦君恩이샷다

江湖에 겨울이 드니 눈 기픠 자히 남다
삿갓 빗기 쓰고 누역으로 오슬 삼아
이 몸이 칩지 아니ᄒ옴도 亦君恩이샷다

<맹사성(孟思誠 : 1360~1438), 강호사시가(江湖四時歌)>

江湖에 봄이 드니 이 몸이 일이 하다
나는 그믈 깁고 아히는 밧츨 가니
뒷 뫼혜 엄 긴 藥을 언제 키랴 ᄒᄂ니

삿갓세 되롱이 닙고 細雨中에 호믹 메고
山田을 홋믹다가 綠陰에 누어시니
牧童이 牛羊을 모라다가 줌 든 날을 씌와다

大棗 볼 불근 골에 밤은 어이 뜻드르며
벼 뷘 그르헤 게는 어이 느리는고
술 닉쟈 체쟝ᄉ 도라 가니 아니 먹고 어이리

뫼헤는 새 다 긋고 들히는 가 리 업다
외로운 빅에 삿갓 쓴 져 늘그니
낙딕에 마시 깁도다 눈 깁픈 줄 아는가

<황희(黃喜 : 1363~1452), 강호사시가(江湖四時歌)>

朔風은 나모 긋틱 불고 明月은 눈 속에 춘듸
萬里 邊城에 一長劍 집고 셔서
긴 프롬 큰 흔 소릭에 거칠 거시 업세라

<김종서(金宗瑞 : 1383~1453)>

房 안에 혓는 燭불 눌과 離別 ᄒ엿관듸
것흐로 눈물 디고 속 타는 줄 모로는고
우리도 져 燭불 갓ᄒ야 속 타는 줄 모로노라

<이개(李塏 : 1417~1456)>

(한역) 房中紅燭爲誰別 風淚汍瀾不自禁 畢竟悁伊全似我 任情灰盡寸來心
<홍촉루(紅燭淚)>86)

首陽山 브라보며 夷齊를 恨ᄒ노라

주려 주글진들 採薇도 ᄒ는 것가

아모리 푸새엣 거신들 긔 뉘 ᄯᅡ히 낫더니

<성삼문(成三問 : 1418~1456)>

한역) 當年叩馬敢言非 大義堂堂日月輝 草木亦霑周雨露 愧君猶食首陽薇
<난하사(灤河祠)>[87]

이 몸이 죽어가서 무어시 될고 ᄒ니

蓬萊山 第一峰에 落落長松 되야이셔

白雪이 滿乾坤홀 제 獨也靑靑 ᄒ리라

<성삼문(成三問 : 1418~1456)>

한역) 此身雖一死 餘氣想不竭 蓬萊第一峯 願作長松立 風雪滿乾坤 獨也靑以直
<절조축(節操祝)>[88]

간 밤에 부던 브람 눈 셔리 치단 말가

落落長松이 다 기우러 가노믜라

ᄒ물며 못 다 퓐 곳치야 닐러 므슴 ᄒ리오

<유응부(劉應孚 : ?~1456)>

---

86) 신위(申緯 : 1769~1845), 『경수당전고(警修堂全藁)』 「소악부」

87) 성삼문, 『성근보선생집(成謹甫先生集)』 전후조천(前後朝天)

88) 이형상, 『병와선생문집(甁窩先生文集)』 「악부」

千萬里 머나 먼 길에 고은 님 여희옵고
내 모음 둘 듸 업서 냇マ에 안자시니
져 물도 늬 안 곳호여 우러 밤길 녜놋다

<왕방연(王邦衍 : ?~?)>

한역) 千里遠遠道 美人離別秋 此心無所着 下馬臨川流 川流亦如我 嗚咽去不休[89]

간 밤에 우던 여흘 슬피 우러 지내여다
이제야 싱각호니 님이 우러 보내도다
져 물이 거스리 흐르고져 나도 우러 네리라

<원호(元昊 : ?~?)>

秋江에 밤이 드니 물결이 ᄎ노믜라
낙시 드리치니 고기 아니 무노믜라
無心훈 돌빗만 싯고 빈 빅 저어 오노믜라

<월산대군(月山大君) 이정(李婷 : 1454~1488)>

한역) 浪足秋江夜 投竿魚不來 無心一片月 空載釣船廻[90]

이시럼 브듸 갈짜 아니 가든 못홀쏘냐
無端이 슬터냐 눔의 말을 드럿는야
그러도 하 애도래라 가는 쯧을 닐러라

<성종(成宗) 이혈(李娎 : 1457~1494)>

---

89) 권화(權和)・박경여(朴慶餘) 1712년 발간 『장릉지(莊陵誌)』
90) 이민성(李民宬 : 1570~1629), 『경정집(敬亭集)』

참고

   유호인(兪好仁 : 1445~1494)은 호가 뇌계(㵢溪)요, 고령(高靈) 사람이다.
갑오(甲午 : 1474)에 문과에 급제했으며, 점필재(佔畢齋) 김종직(金宗直 : 1431
~1492)의 문인(門人)이다. 집이 남쪽 지방에 있었는데, 늘 고향으로 돌아가
노모를 섬기기를 간청했으나 허락받지 못했다. 하루는 유호인이 벼슬을 그
만두고 돌아가는데, 성종이 친히 전별하고 술이 반쯤 취하여 시조를 지었다.
유호인이 감격하여 울고 주변 사람들도 감격하였다. 뒤에 유호인이 성종에
게 아뢰지 않고 떠나니 성종이 몰래 사람을 보내어 그가 가는 것을 살펴보
게 하며 "나는 그를 생각하여 마음에 아직 잊어본 적이 없는데, 그도 나를
생각하는가 보라"고 하였다. 명을 받은 사람이 따라가 한 역정에 이르니, 유
호인이 누각에 올라가 북쪽을 바라보고 오랫동안 주저하더니, 마침내 벽 위
에 율시 한 구를 썼다.

   북쪽을 바라보니 임금과 신하가 서로 갈렸고   北望君臣隔
   남쪽으로 오니 어미와 아들이 만나게 되었네   南來母子同

   돌아와서 그것을 아뢰었더니, 성종이 말하기를 "그렇지, 그도 나를 생각
하는구나"라고 하였다.[91]

---

91) 차천로(車天輅 : 1556~1615), 『오산설림초고(五山說林草藁)』

이 듕에 시름 업스니 漁父의 生涯이로다
一葉 片舟를 萬頃波에 씌워 두고
人世를 다 니젯거니 날 가는 주를 안가

구버는 千尋 綠水 도라 보니 萬疊 靑山
十丈 紅塵이 언매나 フ렛는고
江湖애 月白ㅎ거든 더옥 無心 하얘라

靑荷에 바볼 ᄡ고 綠柳에 고기 ᄢ여
蘆荻 花叢에 빈 미야 두고
一般淸意味를 어늬 부니 아르실고

山頭에 閑雲이 起ㅎ고 水中에 白鷗飛라
無心코 多情ㅎ니 이 두 거시로다
一生애 시르믈 닛고 너를조차 노로리라

長安을 도라보니 北闕이 千里로다
漁舟에 누어신들 니즌 스치 이시랴
두어라 내 시름 아니라 濟世賢이 업스랴

　　　　　　　<이현보(李賢輔 : 1467~1555), 어부단가(漁父短歌) 5장>92)

ᄆᆞᆷ이 어린 後니 ᄒᆞᄂᆞ 일이 다 어리다
만중 운산에 어ᄂᆡ 님 오리마ᄂᆞ
지ᄂᆞ 닙 부는 ᄇᆞ람에 힝혀 긘가 ᄒᆞ노라

<서경덕(徐敬德 : 1489~1546)>

十年을 經營ᄒᆞ야 草廬 三間 지어 ᄂᆡ니
나 ᄒᆞᆫ 간 ᄃᆞᆯ ᄒᆞᆫ 간에 淸風 ᄒᆞᆫ 간 맛져 두고
江山은 드릴 ᄃᆡ 업스니 둘너 두고 보리라

<송순(宋純 : 1493~1582)>

> 한역) 經營兮十年 作草堂兮三間 明月兮淸風 咸收拾兮時完 惟江山兮無處納 散而
> 置兮觀之93)
> 十年經營久 草屋一間設 半間淸風在 又半間明月 江山無置處 屛簇左右列
> <陋巷樂>94)

冬至ㅅ달 기나 긴 밤을 한 허리를 버혀 내여
春風 니불 아릭 서리 서리 너헛다가
어론님 오신 날 밤이여든 구뷔 구뷔 펴리라

<황진이(黃眞伊 : ?~?), 평양 기생, 명월(明月)>

> 한역) 截取冬之夜半強 春風被裏屈蟠藏 燈明酒煖郞來夕 曲曲鋪成折折長
> <동지영야(冬之永夜)>95)

---

93) 송순, 『俛仰集』, <俛仰亭雜歌>
94) 이형상, 앞의 책
95) 신위, 앞의 책

山은 녯 山이로딕 물은 녯 물이 아니로다
晝夜에 흐르거든 녯 물이 이실소냐
人傑도 물과 굿도다 가고 아니 오노믹라

<황진이>

靑山裡 碧溪水야 수이 감을 자랑 마라
一到 滄海ᄒ면 다시 오기 어려오니
明月이 滿空山ᄒ니 쉬여 간들 엇더리

<황진이>

한역) 靑山影裏碧溪水 容易東去爾莫誇 一到滄江難再見 且留明月映婆娑

<벽계수(碧溪水)>96)

어져 내 일이야 그릴 줄을 모로던가
이시라 ᄒ더면 가랴마ᄂ 제 구팁야
보내고 그리ᄂ 情은 나도 몰라 ᄒ노라

<황진이>

頭流山 兩端水를 녜 듯고 이제 보니
桃花 쓴 말근 물에 山影조츠 줌겨셰라
아희야 武陵이 어딕믹오 나ᄂ 옌가 ᄒ노라

<조식(曺植 : 1501~1572)>

96) 신위, 위의 책

三冬애 뵈옷 닙고 巖穴의 눈비 마자
구룸 ᄢᅵᆫ 볏뉘랄 ᄶᅬᆫ 적은 업건마ᄂᆞᆫ
西山에 ᄒᆡ 지다 하니 그를 설워 ᄒᆞ노라

<김응정(金應鼎 : 1527～1620)>

참고

명종(明宗)이 승하하였다는 것을 듣고 지었다[97]

97) 김응정, 『해암문집(懈菴文集)』

말 업슨 靑山이오 態 업슨 流水ㅣ로다
갑 업슨 淸風이오 님ᄌ 업슨 明月이로다
이 중에 病 업슨 이 몸이 分別 업시 늘그리라

<성혼(成渾 : 1535~1598)>

이런들 엇더ᄒ며 뎌런들 엇더ᄒ료
草野 愚生이 이러타 엇더ᄒ료
ᄒ믈며 泉石 膏肓을 교텨 므슴 ᄒ료

煙霞로 지블 삼고 風月로 버들 사마
太平 聖代에 病으로 늘거가뇌
이 듕에 ᄇ라ᄂ 이른 허므리나 업고쟈

淳風이 죽다 ᄒ니 眞實로 거줏마리
人性이 어다다 ᄒ니 眞實로 올ᄒ 마리
天下애 許多 英才를 소겨 말슴 ᄒ가

幽蘭이 在谷ᄒ니 自然이 듣디 됴해
白雲이 在山ᄒ니 自然이 보디 됴해
이 듕에 彼美一人을 더옥 닛디 못ᄒ애

山前에 有臺ᄒ고 臺下에 流水ㅣ로다
ᄶ 만흔 글며기ᄂ 오명 가명 ᄒ거든
엇더타 皎皎白駒ᄂ 머리 ᄆ슴 ᄒᄂ고

春風에 花滿山ᄒ고 秋夜에 月滿臺라
四時 佳興이 사름과 ᄒᆞᆫ가지라
ᄒ물며 魚躍鳶飛 雲影天光이야 어늬 그지 이슬고

                                                                                   ＜전육곡(前六曲)＞

天雲臺 도라드러 玩樂齋 瀟灑ᄒᆞᆫ ᄃᆡ
萬卷 生涯로 樂事 無窮ᄒ얘라
이 듕에 往來 風流를 닐러 므슴 ᄒᆞᆯ고

雷霆이 破山ᄒ야도 聾者는 못 듯ᄂᆞ니
白日이 中天ᄒ야도 瞽者는 못 보ᄂᆞ니
우리는 耳目聰明 男子로 聾瞽 ᄀᆞᆮ디 마로리

古人도 날 못 보고 나도 古人 못 뵈
古人을 못 뵈와도 녀던 길 알ᄑᆡ 잇ᄂᆡ
녀던 길 알ᄑᆡ 잇거든 아니 녀고 엇뎔고

當時에 녀든 길흘 몃 ᄒᆡ를 ᄇᆞ려 두고
어듸가 ᄃᆞ니다가 이제사 도라온고
이제나 도라 오ᄂᆞ니 녀ᄃᆡ 므슴 마로리

靑山은 엇뎨 ᄒᆞ야 萬古애 프르르며
流水는 엇뎨 ᄒᆞ야 晝夜애 긋디 아니ᄂᆞᆫ고
우리도 그치디 마라 萬古常靑 ᄒ오리라

愚夫도 알며 ᄒᆞ거니 긔 아니 쉬운가
聖人도 몯 다 ᄒᆞ시니 긔 아니 어려운가
쉽거나 어렵거나 듕에 늙ᄂᆞᆫ 주를 몰래라

<후육곡(後六曲)>

<이황(李滉 : 1501~1570), 도산십이곡(陶山十二曲)>

 참고

<도산십이곡>은 도산(陶山) 노인이 지은 것이다. 노인이 이 곡을 지은 것은 무엇 때문인가. 우리 동방의 노래는 대부분 음란하여 족히 말할 것이 없다. <한림별곡(翰林別曲)>과 같은 류는 글하는 사람의 입에서 나왔으나, 교만하고 방탕하며 겸하여 점잖지 못하고 장난기가 있어 더욱 군자가 숭상할 바가 아니다. 오직 근세에 이별(李鼈)의 <육가(六歌)>가 세상에 성대하게 전하니 오히려 그것[육가]이 이[한림별곡]보다 좋다고는 하나, 그래도 세상을 희롱하고 공손하지 못한 뜻만 있고, 온유돈후(溫柔敦厚)한 내용이 적은 것을 애석하게 여긴다. 노인은 평소 음률을 알지는 못하나 그래도 세속의 음악은 듣기를 싫어하였다. 한가히 살면서 병을 돌보는 여가에 무릇 정성(情性)에 감동이 있는 것을 매양 시로 나타내었다. 그러나 지금의 시는 옛날의 시와는 달라서 읊을 수는 있어도 노래하지는 못한다. 만약 노래하려면 반드시 시속말로 엮어야 되니, 대개 나라 풍속의 음절이 그렇게 하지 않을 수가 없는 것이다. 그래서 내가 일찍이 이씨의 노래를 모방하여 <도산육곡(陶山六曲)>이란 것을 지은 것이 둘이니, 그 하나는 뜻을 말함이요, 그 하나는 학문을 말한 것이다. 이 노래를 아이들로 하여금 조석으로 익혀서 노래하게 하여 안석에 기대어 듣기도 하고, 또한 아이들이 스스로 노래하고 춤추고 뛰기도 하게 한다면 거의 비루한 마음을 씻어버리고, 감화되어 분발하고 마음이 화락해져서 노래하는 자와 듣는 자가 서로 유익함이 있을 것이라 본다. 그러나 나의 처신이 자못 세상과 맞지 않으니, 이 같은 한가한 일이 혹시나 말썽을 일으키는 단서가 될는지 알 수 없고, 또 이 곡조가 노래 곡

조에 들어가며, 음절에 화합할지 그렇지 않을지를 스스로 믿지 못하기 때문에 당분간 한 부를 써서 상자에 넣어 놓고, 때때로 내어 스스로 반성해 보고 또 훗날에 열람해 보는 자의 취사선택을 기다릴 뿐이다. 가정년 을축(1565) 늦봄 16일[旣望]에 도산 노인[山老]이 쓴다.[98]

---

98) 이황, 『퇴계선생문집(退溪先生文集)』

高山 九曲潭을 사룸이 모로더니
誅茅 卜居ᄒ니 벗님닉 다 오신다
어즈버 武夷를 想像ᄒ고 學朱子를 ᄒ리라

一曲은 어드믹오 冠巖에 히 비췬다
平蕪에 닉 거드니 遠山이 그림이로다
松間에 綠罇을 노코 벗오는 양 보노라

二曲은 어드믹오 花巖에 春晚커다
碧波에 곳츨 씌워 野外로 보내노라
사람이 勝地를 모로니 알게 ᄒ들 엇더리

三曲은 어드믹오 翠屏에 닙 퍼졋다
綠樹에 山鳥는 下上其音 ᄒ는 적에
盤松이 바룸을 바드니 녀름 景이 업세라

四曲은 어드믹오 松崖에 히 넘거다
潭心 巖影은 온갖 빗치 줌겨셰라
林泉이 깁도록 됴ᄒ니 興을 계워 ᄒ노라

五曲은 어드믹오 隱屏이 보기 죠히
水邊 精舍는 瀟灑홈도 ᄀ이 업다
이 중에 講學도 ᄒ려니와 咏月吟諷 ᄒ리라

六曲은 어드미오 釣峽에 물이 넙다

나와 고기와 뉘야 더옥 즐기ᄂᆞ고

黃昏에 낙디를 메고 帶月歸를 ᄒᆞ노라

七曲은 어드미오 楓巖에 秋色 됴타

淸霜이 엷게 치니 絶壁이 錦繡ㅣ로다

寒巖에 혼자 안자셔 집을 잇고 잇노라

八曲은 어드미오 琴灘에 ᄃᆞᆯ이 붉다

玉軫金徽로 數三曲을 노는말이

古調를 알 이 업스니 혼자 즐겨 ᄒᆞ노라

九曲은 어디미오 文山에 歲暮커다

奇巖 怪石이 눈 속에 무쳐셰라

遊人은 오지 아니ᄒᆞ고 볼 것 업다 ᄒᆞ더라

<이이(李珥 : 1536~1584), 고산구곡가(高山九曲歌)>

🏔 참고

무인(戊寅) 6년 선생 43세에 은병정사(隱屛精舍)를 지었다. 수양산(首陽山)의 한 가지가 서쪽으로 달려 선적봉(仙迹峯)이 되고 봉우리의 서쪽 수 십리에 진암산(眞巖山)이 있다. 물이 두 산 사이에서 흘러나와 40리를 흘러 아홉 번 꺾여 바다로 들어간다. 꺾이는 곳마다 못이 있는데, 그 깊이가 배를 띄울 만하니 묘하게도 무이구곡(武夷九曲)과 딱 맞아떨어진다. 그래서 옛날에는 구곡(九曲)이요 고산석담(高山石潭)이라고 하였다. 또한 제5곡에도 바위 봉우리가 그 앞에 읍을 하고 있다. 선생은 그 사이에 정사를 지어 무이대은병

(武夷大隱屛)의 뜻을 취했다. 편액은 <은병(隱屛)>이라 하여 주자(朱子)를 숭상하는 뜻을 붙였으니, 정사는 청계당(聽溪堂)의 동쪽에 있다. 선생은 <고산구곡가>를 지어 <무이도가(武夷櫂歌)>를 본떴으니 이로부터 멀고 가까운 곳의 배우는 자들이 더욱 나아갔다. <고산구곡가>는 본디 한글로 기록되어 있다. 송시열(宋時烈 : 1607~1689)의 번역문을 붙여두었다.[99]

99) 이이, 『율곡선생전서(栗谷先生全書)』

재너머 成勸農 집의 술 닉닷 말 어제 듯고
누은 쇼 발로 박차 언치 노하 지즐투고
아히야 네 勸農 겨시냐 鄭座首 왓다 흐여라

<정철(鄭澈 : 1536~1593)>

아바님 날 나흐시고 어마님 날 기르시니
두 분곳 아니시면 이 몸이 사라실가
하늘 フ튼 フ 업슨 은덕을 어딘 다혀 갑스오리

님금과 빅셩과 스이 하늘과 싸히로딘
내의 셜운 일을 다 아로려 흐시거든
우린들 술진 미나리를 혼자 엇디 머그리

형아 아으야 네 술흘 만져 보아
뉘손딘 타나관딘 양즈조차 フ투순다
흔 졋먹고 길러 나이셔 닷무음을 먹디 마라

어버이 사라신 제 셤길 일란 다 흐여라
디나간 後 면 애둛다 엇디 흐리
평싱애 고텨 못흘 이리 이 쑨인가 흐노라

흔 몸 둘헤 눈화 부부를 삼기실샤
이신 제 홈씌 늙고 주그면 흔 딘 간다
어딘셔 망녕의 써시 눈 흘긔려 흐느뇨

간나히 가는 길흘 스나히 에도 두시
스나히 네는 길흘 게집이 최도 두시
제 남진 제 계집 아니어든 일홈 뭇디 마오려

네 아들 孝經 닑더니 어도록 빈환느니
내 아들 小學은 모리면 무츨로다
어닉 제 이 두 글 빈화 어딜거든 보려뇨

무을 사름들하 올흔 일 호쟈스라
사름이 되어 나서 올티곳 못호면
무쇼를 갓 곳갈 싀워 밥 머기나 다르랴

풀목 쥐시거든 두 손으로 바티리라
나갈 되 겨시거든 막대 들고 조추리라
향음쥬 다 파흔 후에 뫼셔 가려 흐노라

눔으로 삼긴 듕의 벗 굿티 유신흐랴
내의 왼 이룰 다 닐오려 흐노매라
이 모미 벗님곳 아니면 사름 되미 쉬올가

어와 뎌 족해야 밥 업시 엇디 홀소
어와 뎌 아자바 옷 업시 엇디 홀소
머흔 일 다 닐러스라 돌보고져 흐노라

네 집 喪事들흔 어도록 출호순다
네 쫄 서방은 언제나 마치누순다
내게도 업다커니와 돌보고져 흐노라

오늘도 다 새거다 호믜 메고 가쟈스라
내 논 다 믜여든 네 논 졈 믜어 주마
올 길헤 뽕 빠다가 누에 머겨 보쟈스라

비록 못 니버도 누믜 오슬 앗디 마라
비록 못 머거도 누믜 밥을 비디 마라
흔 적곳 띡 시른 휘면 고텨 싯기 어려우리

샹뉵 쟝긔 흐디 마라 숑亽 글월 흐디 마라
집 배야 므슴흐며 누믜 원슈 될 줄 엇디
나라히 법을 셰우샤 죄 잇는 줄 모로눈다

이고 진 뎌 늘그니 짐 프러 나를 주오
나눈 졈엇쩌니 돌히라 무거올가
늘거도 셜웨라커든 짐을조차 지실가

<정철, 훈민가(訓民歌)>

묏버들 갈히 것거 보내노라 님의 손듸
자시눈 창 밧긔 심거 두고 보쇼셔
밤 비예 새 닙곳 나거든 날인가도 너기쇼셔

<홍랑(洪娘 : ?~?), 함경도 홍원 기생>

(한역) 折楊柳寄與千里人 爲我試向庭前種 須知一夜新生葉 憔悴愁眉是妾身

<𩞚方曲>[100]

참고

최경창이 홍랑에게 준 시의 서문에 말하기를 "만력(萬曆) 계유(1573) 가을에 내가 북도평사(北道評事)로 막부에 나아갔더니, 홍랑이 따라와 막중에 있었다. 다음해 봄 나는 서울로 돌아가게 되었다. 홍랑이 따라오다 쌍성(雙城)에 이르러 이별하고 돌아갔는데, 함관령(咸關嶺)에 이르러 날이 어두워지고 비가 심하게 내리니 노래 한 수를 지어 나에게 보냈다. 을해(1575)에 내가 병이 나 오랫동안 낫지 않고 봄부터 겨울까지 자리를 떠나지 못하였다. 홍랑이 그것을 듣고 바로 그날 출발해 무릇 이레 만에 서울에 당도하게 되었다. 당시는 지역의 경계를 넘을 수 없는 금령(禁令)이 있었고 또 국상(國喪 : 명종비 인순왕후(仁順王后)의 상)을 만나 소상(小喪)이 비록 지나긴 했으나, 평상시와 같지 않아 홍랑도 그가 사는 곳으로 돌아가게 되었으니, 이별할 때 시 두 수를 써주었다"고 하였다. 그 가운데 한 수는

서로 만나 은근한 눈빛 난향 주더니	相看脉脉贈幽蘭
이제 멀리 떠나가면 언제나 돌아올까	此去天涯幾日還
함관의 그 옛 노래 부르지 마오	莫唱咸關舊時曲
이제까지 운우가 청산에 그윽한 것을	至今雲雨暗靑山

인데, 최경창의 후손에게서 그것을 들었다. 홍랑은 바로 홍원(洪原)의 기생 애절(愛節)로 대단한 미인이었지만 최경창이 죽은 후에는 자신의 얼굴을 다듬지 않고 파주(坡州)에서 묘소를 지켰다. 임진왜란 때는 최경창의 시 원고를 짊어지고 피난하여 병화를 피할 수 있었다. 홍랑이 죽자 최경창의 묘 아래에 묻어 주었다.[101]

---

100) 최경창(崔慶昌 : 1539~1583), 『고죽유고(孤竹遺稿)』

池塘에 비 샌리고 楊柳에 늬 씨인 제
沙工은 어듸 가고 뷘 빈만 믹엿는고
夕陽에 짝 일흔 갈며기는 오락 가락 ㅎ더라

<조헌(趙憲 : 1544~1592)>

靑草 우거진 골에 쟌는다 누엇는다
紅顔은 어듸 두고 白骨만 무첫느니
盞 자바 勸ㅎ 리 업스니 그를 슬허 ㅎ노라

<임제(林悌 : 1549~1587)>

참고

임제가 평안도 평사(評事)가 되어 송도를 지니다가 닭 한 마리와 술 한
병을 가지고 글을 지어 황진이의 묘에 제사를 지냈다. 그 글이 호방하여 지
금까지 전해오면서 외워지고 있다.[102]

101) 남학명(南鶴鳴), 『회은집(晦隱集)』
102) 성현(成俔) 등, 『대동야승(大東野乘)』 「송도기이(松都記異)」

北天이 묽다커늘 雨裝 업시 길을 나니
山에는 눈이 오고 들에는 춘 비로다
오늘은 춘 비 마자시니 얼어 잘까 ᄒ노라

<임제, 한우가(寒雨歌)>

어이 어러 자리 므스 일 어러 자리
鴛鴦枕 翡翠衾을 어듸 두고 어러 자리
오늘은 춘 비 마자시니 녹아 잘까 ᄒ노라

<한우(寒雨 : ?~?), 평양 기생>

오면 가랴ᄒ고 가면 아니오늬
오노라 가노라니 볼날히 전혀업늬
오늘도 가노라ᄒ니 그를 슬허ᄒ노라.

<선조(宣祖) 이균(李鈞 : 1552~1608)>

참고

(노진)선생이 글을 올려 어머니를 봉양하고자 사직하고 돌아갔는데, 막 한강을 건너려고 할 때 선조 임금이 특별히 이 노래를 지어 은쟁반에 써서 중사(中使)를 보내어 그것을 주게 하였다.[103]

---

103) 노진(盧禛 : 1518~1578), 『옥계집(玉溪集)』

明鏡에 틔 씨거던 갑 주고 닷글 줄
아희 어룬 업시 다 밋쳐 알건마ᄂᆞᆫ
갑 업시 닷글 明德을 닷글 줄을 모ᄅᆞᄂᆞ다

誠意關 도라드러 入德門 ᄇᆞ라보니
크나 큰 ᄒᆞᆫ 길이 넙고도 곳다마ᄂᆞᆫ
엇지타 盡日行人이 오도 가도 아닌 게오

九仞山 긴 솔 베혀 濟世舟를 모어 ᄂᆡ야
길 닐근 行人을 다 건ᄂᆡ려 ᄒᆞ엿더니
사공도 無狀ᄒᆞ야 暮江頭에 ᄇᆞ렷나다

<박인로(朴仁老 : 1561~1642), 자경(自警)>

盤中 早紅 감이 고아도 보이ᄂᆞ다
柚子 아니라도 품엄 즉 ᄒᆞ다마ᄂᆞᆫ
품어가 반기 리 없슬ᄉᆡ 글로 설워 ᄒᆞᄂᆞ이다

王祥의 鯉魚 잡고 孟宗의 竹筍 것거
검던 머리 희도록 老萊子의 오ᄉᆞᆯ 입고
一生애 養志誠孝를 曾子ᄀᆞ치 ᄒᆞ리이다

萬鈞을 느려 ᄂᆡ야 길게 길게 노흘 ᄭᅩ아
九萬里 長天에 가ᄂᆞᆫ ᄒᆡ를 자바 ᄆᆡ야
北堂에 鶴髮 雙親을 더듸 늙게 ᄒᆞ리라

<박인로, 조홍시가(早紅柿歌)>

참고

　　신축(辛丑) 9월 초에 한음(漢陰) 이덕형(李德馨) 상공이 공에게 조홍(早紅)
감을 대접하였다. 공이 돌아오면서 그 물건에 느낀 바 있어 지었다.[104] 한
음이 쟁반의 조홍 감을 보고 박인로에게 시조 3장을 짓게 하였는데, 대개
어머니를 생각하는 지극한 정성에서 나온 것이다.[105]

---

104)　박인로, 『노계선생문집(蘆溪先生文集)』
105)　진본(珍本) 『청구영언(靑丘永言)』

山村에 눈이 오니 돌길이 무쳣셰라
柴扉를 여지 마라 날 츠즈 리 뉘 이시리
밤듕만 一片明月이 긔 벗인가 ᄒ노라

<신흠(申欽 : 1566~1628)>

노래 삼긴 사름 시름도 하도 할샤
닐러다 못 닐러 불러나 푸돗둔가
진실로 풀릴 거시면 나도 불러 보리라

<신흠>

가노라 三角山아 다시 보자 漢江水야
故國 山川을 써나고쟈 하랴마ᄂᆞᆫ
時節이 하 殊常하니 올동 말동 ᄒ여라

<김상헌(金尙憲 : 1570~1652)>

梨花雨 훗샐릴 제 울며 잡고 이별ᄒᆞᆫ 님
秋風 落葉에 저도 날 싱각ᄂᆞᆫ가
千里에 외로운 숨만 오락 가락 ᄒ노매

<이향금(李香今 : 1573~1610), 부안(扶安) 기생, 자는 천향(天香), 호는
매창(梅窓), 계생(桂生), 계랑(桂娘)>

참고

일찍이 남국 계랑의 이름 들었더니	曾聞南國桂娘名
시 짓기와 노래하기 서울까지 퍼졌네	詩韻歌詞動洛城
오늘 서로 만나 진면목을 보니	今日相看眞面目
신녀가 삼청에서 내려온 듯하여라	却疑神女下三淸

<유희경, 증계랑(贈桂娘)>106)

十年 ᄀ온 칼이 匣裡에 우노믹라
關山을 ᄇ라보며 째째로 만져 보니
丈夫의 爲國功勳을 어닉 째에 드리올고

<김응하(金應河 : 1580~1619)>

슬프나 즐거오나 옳다 하나 외다 하나
내 몸의 해올 일만 닦고 닦을 뿐이언정
그 밧긔 여남은 일이야 分別할 줄 이시랴

내 일 망녕된 줄 내라 하여 모랄 손가
이 마음 어리기도 님 위한 탓이로세
아뫼 아무리 일러도 임이 혜여 보소서

秋城 鎭胡樓 밧긔 울어 예는 저 시내야
무음 호리라 晝夜에 흐르는다
님 향한 내 뜻을 조차 그칠 뉘를 모르나다

뫼흔 길고 길고 물은 멀고 멀고
어버이 그린 뜻은 많고 많고 하고 하고
어디서 외기러기는 울고 울고 가느니

어버이 그릴 줄을 처엄부터 알아마는
님군 향한 뜻은 하날이 삼겨시니

---

106) 유희경(劉希慶 : 1545~1636), 『촌은집(村隱集)』

진실로 님군을 잇으면 긔 不孝인가 여기노라

<윤선도(尹善道 : 1587~1671), 견회요(遣懷謠)>

잔들고 혼자 안자 먼 뫼흘 ᄇᆞ라보니
그리던 님이 오다 반가옴이 이러ᄒᆞ랴
말슴도 우움도 아녀도 몯내 됴하 ᄒᆞ노라

<윤선도>

우ᄂᆞᆫ 거시 벅구기가 프른 거시 버들숩가
이어라 이어라
漁村 두어 집이 닛 속의 나락들락
至匊悤 至匊悤 於思臥
말가ᄒᆞᆫ 기픈 소희 온갇 고기 뛰노ᄂᆞ다

녀님희 밥 싸 두고 반찬으란 쟝만 마라
닫 드러라 닫 드러라
靑蒻笠은 써 잇노라 綠簑衣 가져오냐
至匊悤 至匊悤 於思臥
無心ᄒᆞᆫ 白鷗ᄂᆞᆫ 내 좃ᄂᆞᆫ가 제 좃ᄂᆞᆫ가

그러기 떳ᄂᆞᆫ 밧긔 못 보던 뫼 뵈ᄂᆞ고야
이어라 이어라
낙시질도 ᄒᆞ려니와 取ᄒᆞᆫ 거시 이 興이라
至匊悤 至匊悤 於思臥
夕陽이 ᄇᆡ익니 千山이 錦繡ㅣ로다

여튼 갤 고기들히 먼 소히 다 갇느니

돋 드라라 돋 드라라

져근덛 날 됴혼 제 바탕의 나가 보쟈

至匊悤 至匊悤 於思臥

밋기 곧다오면 굴근 고기 믄다 혼다

<윤선도, 어부사시가(漁父四時詞)> 40수 중 일부

내 버디 멋치나 ᄒ니 水石과 松竹이라

東山의 ᄃᆞᆯ 오르니 긔 더옥 반갑고야

두어라 이 다ᄉᆞᆺ 밧긔 ᄯᅩ 더하야 무엇 ᄒᆞ리

구룸 빗치 조타 ᄒᆞ나 검기를 ᄌᆞ로혼다

ᄇᆞ람 소ᄅᆡ 몱다 ᄒᆞ나 그칠 적이 하노매라

조코도 그츨 위 업기ᄂᆞᆫ 믈 ᄲᅰᆫ인가 ᄒᆞ노라

고즌 므ᄉᆞ 일로 픠며서 수이 디고

플은 어이 ᄒᆞ야 프르ᄂᆞᆫ 듯 누르ᄂᆞ니

아마도 변치 아닐 ᄉᆞᆫ 바회 ᄲᅰᆫ인가 ᄒᆞ노라

더우면 곳 픠고 치우면 닙 디거ᄂᆞᆯ

솔아 너ᄂᆞᆫ 엇디 눈 서리를 모르ᄂᆞᆫ다

九泉의 불희 고ᄃᆞᆫ 줄을 글로 ᄒᆞ야 아노라

나모도 아닌 거시 플도 아닌 거시

곳기ᄂᆞᆫ 뉘 시기며 속은 어이 뷔연ᄂᆞᆫ다

뎌러코 ᄉᆞ시예 프르니 그를 됴하 ᄒᆞ노라

쟈근 거시 노피 떠셔 萬物을 다 비취니

밤듕의 光明이 너만 ᄒ니 또 잇ᄂ냐

보고도 말 아니ᄒ니 내 벋인가 ᄒ노라

<윤선도, 산중별곡(山中新曲), 오우가(五友歌)>

말 ᄒ면 雜類라 ᄒ고 말 아니면 어리다 ᄒᄂᆡ

貧寒을 눕이 웃고 富貴를 새오ᄂ니

아마도 이 하ᄂᆞᆯ 아ᄅᆡ 사롤 일이 어려왜라

<주의식(朱義植 : ?~?)>

주려 주그려 ᄒ고 수양산에 드럿거니

현마 고사리를 머그려 키야시랴

물셩이 구븐 줄 애다라 펴 보려고 키미라

<주의식>

내히 됴타 ᄒ고 눕 슬흔 일 ᄒ지 말며

눕이 흔다 ᄒ고 義 아니면 좃지 말니

우리ᄂᆞᆫ 天性을 직희여 삼긴대로 ᄒ리라

<주의식>

功名을 즐거마라 榮辱이 半이로다

富貴를 貪치 마라 危機를 넓ᄂ니라

우리ᄂᆞᆫ 一身이 閑暇커니 두려온 일 업세라

<김삼현(金三賢 : ?~?), 주의식의 사위>

田園에 나믄 興을 전나귀에 모도 싯고
溪山 니근 길로 興치며 도라와서
아희야 琴書를 다스려라 나믄 히를 보내리라

<김천택(金天澤 : ?~?)>

江山 죠흔 景을 힘 센 이 닷톨 양이면
늬 힘과 늬 分으로 어이 ㅎ여 엇들쏜이
眞實로 禁ㅎ리 업쓸쐬 나도 두고 논이노라

<김천택>

白鷗야 말 물어 보자 놀라지 말아스라
名區勝地를 어디어디 보았는다
날다려 자세히 일러든 너와 게 가 놀리라

<김천택>

草庵이 寂寥흔듸 벗 업시 혼자 안즈
平調 흔 닙혜 白雲이 졀로 돈다
어늬 뉘 이 죠흔 뜻을 알 니 잇다 ㅎ리오

<김수장(金壽長 : 1690~?)>

寒食 비 긴 後에 菊花 움이 반가왜라
곳도 보려니와 日日新 더 죠홰라
風霜이 섯거 치면 君子節을 픠온다

<김수장>

書房님 病 들여 두고 쓸 것 업서

鐘樓 져지 달린 파라 빈 스고 감 스고 榴子 스고 石榴 솟다 아추추추
이저고 五花糖을 니저발여고늬

水朴에 술 쇠즛 노코 한숨계워 ᄒ노라

<김수장>

갓나희들이 여러 層이오레

松骨미도 갓고 줄에 안즌 져비도 갓고 百花園裡에 두루미도 갓고 綠水
波瀾에 비오리도 갓고 싸히 퍽 안즌 쇼로기도 갓고 석은 등걸에 부헝이도
갓데

그려도 다 각각 님의 ᄉ랑인이 皆一色인가 ᄒ노라

<김수장>

민아미 밉다 ᄒ고 쓰르람미 쓰다 ᄒ네

山菜를 밉다더냐 薄酒를 쓰다더냐

우리ᄂ 草野에 뭇쳣시니 밉고 쓴 줄 몰닉라

<이정신(李廷藎 : ?~?), 영조(재위 1724~1776) 때 현감(縣監)>

붉가버슨 兒孩 l 들리 거믜줄 테를 들고 ᄀ川으로 往來ᄒ며

붉가숭아 붉가숭아 져리 가면 죽ᄂ니라 이리 오면 ᄉᄂ니라 부로나니
붉가숭이로다

아마도 世上 일이 다 이러흔가 ᄒ노라

<이정신>

솔이 솔이라 ᄒ니 무슴 솔만 너기ᄂ다
千尋 絶壁에 落落長松 내 긔로다
길 아릭 樵童의 졉낫시야 걸어볼 줄 이시랴

<송이(松伊 : ?∼?), 18세기 기생>

梅花 녯 등걸에 春節이 도라오니
녜 퓌던 柯枝에 픠염즉 ᄒ다마ᄂ
春雪이 亂紛紛ᄒ니 필똥말똥 ᄒ여라

<매화(梅花 : ?∼?), 평양 기생)

山村에 밤이 드니 먼듸 기 즈져온다
柴扉를 열고 보니 하ᄂᆯ이 ᄎ고 달이로다
져 기야 空山 잠든 달을 즈져 무슴ᄒ리오

<천금(千錦 : ?∼?)>

靑鳥야 오노고야 반갑다 님의 消食
弱水 三千里를 네 어니 건너온다
우리 님 萬端情懷를 네 다 알가 ᄒ노라

<계단(桂丹 : ?∼?)>

꿈의 뵈ᄂ 님이 緣分업다 ᄒ건마ᄂ
답답이 그리온 제 꿈 아니면 어이ᄒ리
아모리 꿈일지라도 ᄆ양보게 ᄒ소서

<명옥(明玉 : ?∼?)>

쏨은 듣는 대로 듯고 볏슨 쐴 대로 쐰다
청풍의 옷깃 열고 긴 파람 흘리 불 제
어듸셔 길 가는 소님닌 아는 드시 머무는고

<위백규(魏伯珪 : 1727~1798), 농가(農歌)>

뉘라서 가마귀를 검고 凶타 흐돗던고
反哺報恩이 긔 아니 아름다온가
수름이 져 식만 못홈을 못닉 슬허 흐노라

<박효관(朴孝寛 : 1781~1880)>

고울사 저 꽃이여 반만 여윈 저 꽃이여
더도 덜도 말고 매양 그만 허여 있어
춘풍에 향기 좇는 나뷔를 웃고 맞어 허노라

梅影이 부드친 窓에 玉人金釵 비겨신져
二三 白髮翁은 거문고와 노릭로다
이윽고 盞 드러 勸하랄 제 둘이 쏘한 오르더라

어리고 셩긘 梅花 너를 밋지 아녓더니
눈 期約 能히 직혀 두세 송이 퓌엿고나
燭 줍고 갓가이 수랑헐졔 暗香좃ᄎ 浮動터라

氷姿玉質이여 눈 속에 네로구나
가만이 香氣 노아 黃昏月을 期約ᄒ니
아마도 雅致高節은 너 쑨인가 ᄒ노라

눈으로 期約터니 네 果然 퓌엿고나
黃昏에 둘이 오니 그림즈도 셩긔거다
淸香이 盞에 써 잇시니 醉코 놀려 ᄒ노라

ᄒ히 지고 돗는 달이 너와 期約 두엇던가
閨裏에 쟈든 곳이 香氣 노아 맛는고야
늬 엇지 梅月이 벗 되는 줄 몰낫던가 ᄒ노라

ᄇ람이 눈을 모라 山窓에 부딋치니
찬 氣運 싀여 드러 ᄌᆷ 든 梅花를 侵擄ᄒ다
아무리 얼우려 ᄒ인들 봄 ᄯᅳᆺ이야 아슬소냐

져 건너 羅浮山 눈 속에 검어 웃쑥 울퉁 불퉁 광ᄃᆡ등걸아
네 무ᄉᆷ 힘으로 柯枝 돗쳐 곳조ᄎ 져리 퓌엿는다
아모리 셕은 ᄇᆡ 半만 남아슬망졍 봄 ᄯᅳᆺ즐 어이 ᄒ리오

東閣에 숨은 곳치 躑躅인가 杜鵑花인가
乾坤이 눈이여늘 제 엇지 감히 퓌리
알괘라 白雪 陽春은 梅花 밧게 뉘 이시리
<안민영(安玟英 : 1863~1907), 매화사(梅花詞) 8절>

거믄고 ᄐᆞ쟈 ᄒ니 손이 알파 어렵거늘
北窓 松陰의 줄을 언져 거러 두고
ᄇ람의 제 우는 소ᄅᆡ 이 거시야 듯기 됴타
<송계연월옹(松桂烟月翁 : 一瞉松桂一里烟月),『고금가곡(古今歌曲 : 1764)』의 편찬자>

늘거지니 벗이 업고 눈 어두워 글 못 볼쇠
古今歌曲을 모도와 쓰는 뜻은
어긔나 興을 브쳐 消日코져 ᄒ노라
　　　　　　　　　　<송계연월옹><『고금가곡』의 제목 유래 시조>

청산도 절로 절로 녹수도 절로 절로
산절로 수절로 산수간에 나도 절로
그 중에 절로 ᄌ란 몸이 늙기도 절로 ᄒ리라
　　　　　　　　　　　　　　　　<송시열>

白沙場 紅蓼邊에 구버기는 白鷺들아
口腹을 못 메워 져다지 굽니는다
一身이 閑暇홀셔정 슬져 무슴 ᄒ리오
　　　　　　　　　　　　　<작자 미상>

白沙場 紅蓼邊에 굽니러 먹는 져 빅노야
ᄒ닙에 두셋 물고 무어 낫짜 굽니느냐
우리도 口腹이 웬슈라 굽니러 먹네
　　　　　　　　　　　　　<작자 미상>

白沙汀 紅蓼邊을 굽니ᄂ니 뎌 白鷗는
한 닙에 두 셋식 물고도 풍雨中에 굽니는듸
엇지타 사ᄅᆷ들은 제 것 일코도 차질 줄을
　　　　　　　　　　　　　<작자 미상>

귀쏘리 져 귀쏘리 어엿부다 져 귀쏘리

어인 귀쏘리 지는 둘 새는 밤의 긴 소리 쟈른 소리 節節이 슬픈 소리

제 혼자 우러 녜어 紗窓 여윈 줌을 슬쯔리도 씨오는고야

두어라 제 비록 微物이나 無人洞房에 내 뜻 알리는 너뿐인가 ᄒ노라

<작자 미상>

딕들에 동난지이 사오 져 쟝스야 네 황후 긔 무서시라 웨는다 사쟈

外骨內肉 兩目이 上天 前行後行 小아리 八足 大아리 二足 淸醬 으스슥

ᄒᄂᆫ 동난지이 사오

쟝스야 하 거복이 웨지 말고 게젓이라 ᄒ렴은

<작자 미상>

나모도 바히돌도 업슨 뫼헤 매게 또친 가토릐 안과

大川 바다 한가온대 一千石 시른 빈에 노도 일코 닷도 일코 농총도 근

코 돗대도 것고 치도 쌔지고 ᄇ람 부러 물결 치고 안개 뒤섯게 ᄌ자진 날

에 갈 길은 千里萬里 나믄듸 四面이 거머어득 져믓 天地寂寞 가치노을 쩐

ᄂᆫ듸 水賊 만난 都沙工의 안과

엊그제 님 여흰 내 안히야 엇다가 ᄀ을ᄒ리오

<작자 미상>

한숨아 셰한숨아 네 어늬 틈으로 드러온다

고모 쟝ᄌ 셰술 쟝ᄌ 들 쟝ᄌ 열 쟝ᄌ에 암돌적귀 수돌적귀 빈목걸시

쑥닥 박고 크나큰 줌을쇠로 숙이숙이 ᄎ엿ᄂᆫ듸 屛風이라 덜걱 접고 簇子

ㅣ라 딕듸골 말고 네 어늬 틈으로 드러온다

어인지 너 온 날이면 줌 못 드러 ᄒ노라

<작자 미상>

싀어마님 며ᄂ라기 낫바 벽 바닥을 구르지 마오

빗에 바든 며ᄂ린가 갑세 처 온 며ᄂ린가 밤나모 셕은 등걸에 휘초리 나니ᄀᆞᆺ치 앙살픠신 싀아바님 볏 뵌 쇠똥ᄀᆞᆺ치 되죵고신 싀어마님 三年 겨론 망태에 새 송곳부리ᄀᆞᆺ치 샢죡ᄒᆞ신 싀누의님, 唐피 가론 밧틔 돌피 나니ᄀᆞᆺ치 싀노란 욋곳 ᄀᆞᆺ튼 피똥 누ᄂ 아들 ᄒᆞ나 두고

건 밧틔 메곳 ᄀᆞᆺ튼 며ᄂ리를 어듸를 낫바 ᄒᆞ시ᄂ고

<작자 미상>

흔 눈 멀고 흔 다리 져는 두터비 셔리 마즈 ᄑᆞ리 물고 두엄 우희 치다라 안자

건넌산 ᄇᆞ라보니 白松骨리 쩌 잇거늘 가슴에 금죽ᄒᆞ여 플썩 ᄭᅴ다가 그 아릭 도로 잣바지거고나

뭇처로 날닌 졜싀만졍 힝혀 鈍者ㅣ 런둘 어혈질 번 ᄒᆞ괘라

<작자 미상>

논 밭 갈아 기음 매고 뵈잠방이 다임 처 신들메고

낫 갈아 허리에 차고 도끼 버려 두러매고 茂林山中 들어가서 삭다리 마른 섶을 뷔거니 버히거니 지게에 질머 지팡이 바처 놓고 새암을 찾아가서 點心 도슭 부시고 곰방대를 톡톡 떨어 닢담배 퓌여 물고 콧노래 조오다가

석양이 재 넘어갈 제 어깨를 추이르며 긴 소래 져른 소래하며 어이 갈고 하더라

<작자 미상>

窓 내고쟈 창을 내고쟈 이 내 가슴에 창 내고쟈

　　고모장지 세살장지 들장지 열장지 암돌져귀 수돌져귀 빈목걸새 크나큰 장도리로 둑닥 바가 이 내 가슴에 창 내고쟈

　　잇다감 하 답답홀 제면 여다져 볼가 ㅎ노라

<작자 미상>

개를 여라믄이나 기르되 요 개 ㅈ치 얄믜오랴

　　뮈온 님 오며는 소리를 홰홰 치며 치쮜락 나리쮜락 반겨서 내닷고 고온 님 오며는 뒷 발을 바동바동 므르락 나오락 캉캉 즛는 요 도리 암키

　　쉰 밥이 그릇 그릇 날진들 너 머길 줄이 이시랴

<작자 미상>

개야미 불개야미 준등 쏙 부러진 불개야미

　　앞 발에 정종 나고 뒷 발에 종긔난 불개야미 廣陵 십재 너머 드러 가람의 허리를 ᄀ로 믈어 추혀 들고 北海를 건넌단 말이 이서이다

　　님아 님아 온 놈이 온 말을 ㅎ여도 님이 짐쟉 ㅎ소서

<작자 미상>

ᄇ람도 쉬여 넘는 고기 구름이라도 쉬여 넘는 고기

　　山진이 水진이 海東靑 보라미라도 다 쉬여 넘는 高峰 長城嶺 고기

　　그 너머 님이 왓다ㅎ면 나는 아니 ᄒ 번도 쉬여 넘어 가리라

<작자 미상>

님이 오마 ᄒ거ᄂᆞᆯ 저녁 밥을 일 지어 먹고

中門 나서 大門 나가 지방 우희 치ᄃᆞ라 안자 以手加額ᄒ고 오ᄂᆞᆫ가 가
ᄂᆞᆫ가 건넌 山 ᄇ라보니 거머횟득 셔 잇거ᄂᆞᆯ 져야 님이로다 보션 버서 품
에 품고 신 버서 손에 쥐고 곰븨 님븨 천방지방 지방천방 즌ᄃᆡ ᄆᆞᄅᆞᆫᄃᆡ ᄀᆞᆯ
희지 말고 워렁충창 건너 가서 情엣 말 ᄒ려 ᄒ고 겻 눈으로 흘긧 보니
上年 七月 사흔날 ᄀᆞᆯ가 벅긴 주추리 삼대 술드리도 날 소겨거다

모쳐라 밤일싀만졍 ᄒᆡᆼ혀 낫이런들 ᄂᆞᆷ 우일 번 ᄒᆞ괘라

<작자 미상>

窓 밧기 엇득 엇득커ᄂᆞᆯ 님만 너겨 나가 보니

님은 아니 오고 우스름 달빗체 녈 구름이 날 쇽겨다

못쵸아 밤일셰만졍 ᄒᆡᆼ혀 낫지런들 남 우일 번 ᄒᆞ여라

<작자 미상>

즁놈은 승년의 머리털 손에 츤츤 휘감아 쥐고 승년은 즁놈의 상토를 풀
처 잡고

두 ᄭᅳ등이 마조 잡고 이 왼고 저 왼고 작작공이 첫ᄂᆞᆫᄃᆡ 뭇 소경놈이 굿
보ᄂᆞᆫ고나

어듸서 귀 머근 벙어리ᄂᆞᆫ 외다 올타 ᄒᆞᄂᆞ니

<작자 미상>

제7장

가사(歌辭)

● 서왕가(西往歌)

나도일얼망졍	셰샹에인지러니
무샹을 싱각ᄒ니	다거즛거시로쇠
부모의기친얼골	죽은후에쇽졀업다
젹은다싱각ᄒ야	셰ᄉ를후리치고
부모게하직ᄒ고	단표ᄌ일납에
쳥녀쟝을비겨들고	명산을ᄎᄌ들어
션지식을친견ᄒ야	마음을붉케랴고
쳔경만론을	낫낫치츄심ᄒ야
뉵젹을잡으랴고	허공마를빗겨타고
반야검을손에들고	오온산들어가니
졔산은쳡쳡ᄒ고	ᄉ샹산이더옥놉다
뉵근문두에	ᄌ취업는도젹은
나며들며ᄒᄂ줌에	번뇌심베쳐노코

지혜로빈를무어 삼계바다건너갈졔
넘불즁싱실어두고 삼승점씩에
일승돗츨달아두고 쳥풍은슌히불고
빅운은엿도는딕 인간을싱각ᄒ니
실푸고셜운지라 넘불ᄒᄂ즁싱들아
몟싱을살야ᄒ고 셰스만탐측ᄒ야
이욕에줌겻ᄂ다 하리도널두시오
한달도셜흔날에 어늬날에한가홀소
쳥졍ᄒ블셩은 스람마다가져신들
어늬날에싱각ᄒ며 흥사공덕은
본릭구쪽흔들 어늬시에늬여쓸소
셔왕은멀어지고 지옥이갓갑도다
이보시오얼우신늬 권ᄒ노니죵졔션근
금싱에ᄒᄋ온공덕 후싱에슈ᄒᄂ니
빅년탐물은 하로ᄋ춤득결이요
삼일ᄒᄋ온넘불은 빅쳔만겁에
다흠업슨보빅로신 어와이보빅
넉쳔겁이불고ᄒ고 긍만셰이쟝금이라
건곤이넙다흔들 이마음에밋칠손가
일월이붉다흔들 이마음에밋칠손가
삼셰졔불은 이마음을알으시고
뉵도즁싱은 이마음을져바릴식
삼계륜회를 어늬날에그칠손가
져근다싱각ᄒ야 마음을씬쳐먹고
틱허를싱각ᄒ니 산첩첩슈잔잔

풍실실화명명ᄒ고　　　　송듁은낙낙ᄒᄃᆡ

화장바다건너져어　　　　극낙세계들어가니

칠보금지에　　　　　　　칠보망을둘너시니

구경ᄒ게더옥죠히　　　　구품년디에

념불소ᄅᆡ쟈쟈잇고　　　　청학빅학과

잉무공ᄌᆞ과　　　　　　　금봉청봉은

ᄒ나니념불일시　　　　　청풍이건넛ᄒᆞ니

념불소ᄅᆡ요요ᄒ이　　　　어와실푸다우리도

인간에나왓다가　　　　　념불안코무엇ᄒᆞ리

나무ᄋᆞ미타불

<나옹화상(懶翁和尙) 혜근(惠勤 : 1320～1320)>107)

● 상춘곡(賞春曲)

紅塵에뭇친분네이내生涯엇더ᄒ고녯사름風流를미츨가몯미츨가天地間男子몸이날만ᄒ이하건마ᄂᆞᆫ山林에뭇쳐이서至樂을모ᄅᆞᆯ것가數間茅屋을碧溪水앏픠두고松竹鬱鬱裏예風月主人되어서라엇그제겨을지나새봄이도라오니桃花杏花ᄂᆞᆫ夕陽裏예퓌여잇고綠楊芳草ᄂᆞᆫ細雨中에프르도다칼로몰아낸가붓으로그려낸가造化神功이物物마다헌ᄉᆞ룹다수풀에우ᄂᆞᆫ새ᄂᆞᆫ春氣를몯내계워소ᄅᆡ마다嬌態로다物我一體어니興이이다ᄅᆞᆯ소냐柴扉예거러보고亭子애안자보니逍遙吟詠ᄒᆞ야山日이寂寂ᄒᆞᆫ딕閑中眞味를알니업시호재로다이바니웃드라山水구경가쟈스라踏靑으란오ᄂᆞᆯᄒᆞ고浴沂란來日ᄒᆞ새아ᄎᆞᆷ에採山ᄒᆞ고나조히釣水ᄒᆞ새ᄀᆞᆺ괴여닉은술을葛巾으로밧타노코곳나모가지것거수노코먹으리라

107) 축전(竺典), 『권왕문(勸往文)』

和風이건듯 부러綠水를 건너오니淸香은잔에지고落紅은옷새진다樽中이뷔엿
거든날두려알외여라小童아히두려酒家에술을믈어얼운은막대집고아히는술
을메고微吟緩步 ㅎ야시냇 ㄱ의호자안자明沙조흔물에잔시어부어들고淸流를
굽어보니써오느니桃花ㅣ로다武陵이갓갑도다져미이긘거인고松間細路에杜
鵑花를부치들고峰頭에급피올나구름소긔안자보니千村萬落이곳곳이버러잇
닌煙霞日輝는錦繡를재폇는닷엇그제검은들이봄빗도有餘홀샤功名도날쯰우
고富貴도날쯰우니淸風明月外예엇던벗이잇ᄉ올고簞瓢陋巷에흣튼혜음아니
ㅎ닌아모타百年行樂어이만흔둘엇지ㅎ리

〈정극인(丁克仁 : 1401~1481)〉[108]

● 면앙정가(俛仰亭歌)

無等山흔활기뫼히	동다히로버더이서
멀니쎄쳐와	霽月峯이되여거늘
無邊大野의	므슴짐쟉ㅎ노라
일곱구비흠머움쳐	므득므득버러ᄂᆞᆺ닷
가온대구비는	굼긔든늘근뇽이
선줌을ᄀᆞᆺ씨야	머리를안쳐시니
너ᄅᆞ바회우희	
松竹을혜혀고	亭子를안쳐시니
구름탄쳥학이	千里를가리라
두나릭버렷는닷	

108)　정극인(丁克仁 : 1401~1481), 『불우헌집(不憂軒集)』

玉泉山龍泉山
亭子압너븐들히
넙써든기노라
雙龍이뒤트는듯
어드러로가노라
닷는 듯 또르는 듯
므조친沙汀은
어즈러은기럭기는
안즈락느리락
蘆花을수이두고
너브길밧기요
두르고仝즌거슨
모힌가屛風인가
노픈듯즌듯
숨거니뵈거니
어즈러온가온되
하늘도졋치아녀
秋月山머리짓고
龍歸山鳳旋山
湧珍山錦城山이
遠近蒼崖의
희구름브흰煙霞
千巖萬壑을
나명셩들명셩
오르거니느리거니

느린믈희
兀兀히펴진드시
프료거든희지마니
긴깁을치폇는 듯
므슴일빅얏바
밤낫즈로흐르는 듯
눈곳치펴졋거든
므스거슬어르노라
므드락홋트락
우러곰좃니는뇨
기하늘아린

그림가아닌가
근는 듯닛는 듯
가거니머믈거니
일홈는양호야
웃독이셧는 거시

佛臺山魚灯山
虛空의버러거든
머믄짓도하도할샤
프로니는山嵐이라
제집을삼아두고
일히도구는 지고

長空의써나거니 　　　　廣野로거너거니
프르락불그락 　　　　여트락지트락
斜陽과서거지어 　　　　細雨조ᄎ샐리ᄂ다
藍輿롤빙야ᄐ고 　　　　솔아린구븐길노
오며가며ᄒᄂ적의

綠楊의우ᄂ黃鸎 　　　　嬌態겨워ᄒᄂ괴야
나모새ᄌᄌ지어 　　　　樹陰이얼린적의
百尺欄干의 　　　　긴조으름내여펴니
水面凉風야 　　　　이 긋칠줄모르ᄂ가
즌서리ᄊ진후의 　　　　산빗치금슈로다
黃雲은쏘엇지 　　　　萬頃의펴거지요
漁笛도흥을게워 　　　　들ᄅ쏴브니ᄂ다
草木다진후의 　　　　江山이민몰커ᄂᆯ
造物리헌ᄉᄒ야 　　　　氷雪노ᄉ쑤며내니
瓊宮瑤臺와 　　　　玉海銀山이
眼底의버러세라

乾坤도가ᄋᆷ열샤 　　　　간대마다경이로다
人間을써나와도 　　　　내몸이겨를업다
니것도보려ᄒ고 　　　　저것도드르려코
ᄇ람도혀려ᄒ고 　　　　들도마츠려코
봄ᄋ란언제줍고 　　　　고기란언제낙고
柴扉란뉘다ᄃ며 　　　　딘곳ᄎ란뉘쓸려료
아ᄎᆷ이낫브거니 　　　　나조히라슬흘소냐
오ᄂᆯ리不足거니 　　　　내일리라有餘ᄒ랴
이뫼ᄒᆡ안ᄌ보고 　　　　져뫼ᄒᆡ거러보니

煩勞 흔 무 음 의　　　　　 번릴일리아조업다

쉴수이업거든　　　　　　 길히나젼 흐 리야

다만 흔 靑藜杖이　　　　　 다뙤되여가노미라

술리닉어거니　　　　　　 벗지라업슬소냐

블닉며틋이며　　　　　　 혀이며이아며

오가짓소릭로　　　　　　 醉興을빅야거니

근심이라이시며　　　　　 시름이라브터시라

누으락안즈락　　　　　　 구부락져즈락

을프락프람 흐락　　　　　 노헤로노거니

天地도넙도넙고　　　　　 日月흔가 흐다

羲皇을모을너니　　　　　 니젹이야긔로리야

神僊이엇더던지　　　　　 이몸이야긔로고야

江山風月거늘려고　　　　 내百年을다누리면

岳陽樓上의　　　　　　　 李太白이사라오다

浩湯情懷야　　　　　　　 이예셔더홀소냐

이몸이

이렁굼도　　　　　　　　 亦君恩이샷다

후서) 이것은 의정부(議政府) 찬성(贊成) 송순이 지은 것이다. 산수의 빼어난 경관을 다 말하였고 노닐며 감상하는 즐거움을 펼쳤으니, 가슴 속에 호연지취(浩然之趣)가 있다.[109]

---

109) 편자 미상, 『잡가(雜歌)』.

● 관동별곡(關東別曲)

　　江강湖호에病병이깁퍼竹듁林님의누엇더니關관東동八팔百빅里리에方방
面면을맛디시니어와　聖셩恩은이야가디록罔망極극ᄒ다延연秋츄門문드리ᄃ
라慶경會회南남門문ᄇ라보며下하直직고블너나니玉옥節졀이압픠셧다平평
丘구驛역ᄆᆯ을ᄀ라黑흑水슈로도라드니蟾셤江강은어듸메요雉티岳악은여긔
로다昭쇼陽양江강ᄂᆞ린믈이어드러로든단말고孤고臣신去거國국에白빅髮발
도하도할샤東동州쥐밤계오새와北북寬관亭뎡의올나ᄒ니三삼角각山산第데
一일峯봉이ᄒ마면뵈리로다弓궁王왕大대闕궐터희烏오雀쟉이지지괴니千쳔
古고興흥亡망은아ᄂᆞ다몰ᄋᆞᄂᆞ다淮회陽양녜일홈이마초아ᄀᆞᄐᆯ시고汲급長댱
孺유風풍彩치를고텨아니볼기이고營영中듕이無무事ᄉᄒ고時시節졀이三삼
月월인제花화川쳔내길히楓풍岳악으로버더잇다行ᄒᆡᆼ裝장을다썰티고石셕
逕경의막대디퍼百빅川쳔洞동겨팅두고萬만瀑폭洞동드러가니銀은ᄀᆞᄐᆫ무지
게玉옥ᄀᆞᄐᆫ龍룡의초리섯돌며씀ᄂᆞᆫ소ᄅᆡ十십里리예ᄌᆞ자시니들을제ᄂᆞᆫ우레러
니보니ᄂᆞᆫ눈이로다金금剛강臺ᄃᆡ민우層층의仙션鶴학이삿기치니春츈風풍玉
옥笛뎍聲셩의첫ᄌᆞᆷ을ᄭᅵ돗던디縞호衣의玄현裳샹이半반空공이소소쓰니西셔
湖호넷主쥬人인을반겨셔넘노ᄂᆞᆫ 듯小쇼香향爐노大대香향爐노눈아래구버보
며正졍陽양寺ᄉ眞진歇헐臺ᄃᆡ고텨올나안ᄌᆞ마리廬녀山산眞진面면目목이여
긔야다뵈ᄂᆞ다어와造조化화翁옹이헌ᄉᆞ토헌ᄉᆞ 홀샤놀거든쮜디마나셧거든솟
디마나芙부蓉용을고잣ᄂᆞᆫ 듯白빅玉옥을믓것ᄂᆞᆫ 듯東동溟명을박ᄎᆞᄂᆞᆫ 듯北북
極극을괴왓ᄂᆞᆫ 듯놉흘시고望망高고臺ᄃᆡ외로올샤穴혈望망峯봉하놀의추미러
므스일을ᄉᆞ로리라千쳔萬만劫겁디나도록구필줄모ᄅᆞᄂᆞ다어와너여이고너ᄀᆞ
ᄐᆞ니ᄯᅩ잇ᄂᆞᆫ가開ᄀᆡ心심臺ᄃᆡ고텨올나衆듕香향城셩ᄇ라보며萬만二이千쳔峯
봉을歷녁歷녁히혜여ᄒ니峯봉마다ᄆᆡ쳐잇고긋마다서린긔운ᄆᆞᆰ거든조치마나
조커든ᄆᆞᆰ지마나저긔운흐터내야人인傑걸을ᄆᆞᆫ들고쟈形형容용도그지업고體

톄勢셰도하도할샤天텬地디삼기실제自亽然연이되연마ᄂᆞᆫ이제와보게되니有
유情정도有유情정홀샤毘비盧로峯봉上샹上샹頭두의올라보니긔뉘신고東동
山산泰태山산이어ᄂᆞ야놉돗던고魯노國국조븐줄도우리ᄂᆞᆫ모ᄅᆞ거든넙거나넙
은天텬下하엇씨ᄒᆞ야젹닷말고오ᄅᆞ디못ᄒᆞ거니ᄂᆞ려가미고이ᄒᆞ랴圓원通통골
ᄀᆞᄂᆞᆫ길로獅사子자峯봉을ᄎᆞ자가니그앏픠너러바그앏픠너러바회火화龍룡쇠
되여세라千쳔年년老노龍룡이구비구비서려이셔晝듀夜야의흘녀내여滄챵海
ᄒᆡ예니어시니風풍雲운을언제어더三삼日일雨우를디런ᄂᆞᆫ다陰음崖애예이온
플을다살와내여ᄉᆞ라摩마訶아衍연妙묘吉길祥샹안문재너머디어외나모쎠근
ᄃᆞ리佛블頂뎡臺ᄃᆡ올라ᄒᆞ니千쳔尋심絶졀壁벽을半반空공애셰여두고銀은河
하水슈한구비ᄅᆞᆯ촌촌이버혀내여실ᄀᆞ티플텨이셔뵈ᄀᆞ티거러시니圖도經경열
두구비내보매ᄂᆞᆫ어러히라李니謫뎍仙선이이제이셔고텨의논ᄒᆞ게되면廬녀山
산이여긔도곤낫단말못ᄒᆞ려니山산中듕을미양보랴東동海ᄒᆡ로가쟈ᄉᆞ라藍남
輿녀緩완步보ᄒᆞ야山산映영樓누의올나ᄒᆞ니玲녕瓏농碧벽溪계와數수聲셩啼
뎨鳥됴ᄂᆞᆫ離니別별을怨원ᄒᆞᄂᆞᆫ듯旌졍旗긔를쩔티니五오色ᄉᆡᆨ이님노ᄂᆞᆫ듯鼓고
角각을섯브니海ᄒᆡ雲운이다것ᄂᆞᆫ듯鳴명沙사길니근믈이醉취仙선을빗기시러
바다ᄒᆞᆯ겻티두고海ᄒᆡ棠당花화로드러가니白ᄇᆡᆨ鷗구야ᄂᆞ디마라네벗인줄엇디
아ᄂᆞᆫ金금幱난窟굴도라드러叢총石셕亭뎡의올라ᄒᆞ니白ᄇᆡᆨ玉옥樓누남은기동
다만네히셔잇고야工공倕슈의셩녕인가鬼귀斧부로다ᄃᆞ므ᄂᆞᆫ가구ᄐᆞ야六뉵面면
은므어슬象샹돗던고高고城셩을란뎌만두고三삼日일浦포를ᄎᆞ자가니丹단書
셔ᄂᆞᆫ宛완然연ᄒᆞ되四ᄉᆞ仙선은어ᄃᆡ가니예사흘머믄後후의어ᄃᆡ가쏘머믄고仙
선遊유潭담永영郞낭湖호거긔나가잇ᄂᆞᆫ가淸쳥澗간亭뎡萬만景경臺ᄃᆡ몃고ᄃᆡ
안돗던고梨니花화ᄂᆞᆫ볼셔디고졉동새슬피울제洛낙山산東동畔반으로義의相
샹臺ᄃᆡ예올라안자日일出츌을보리라밤듕만니러ᄒᆞ니祥샹雲운이집픠ᄂᆞᆫ동六
뉵龍뇽이바퇴ᄂᆞᆫ동바다ᄒᆡ떠날제ᄂᆞᆫ萬만國국이일위더니天텬中듕의팁쓰니毫
호髮발을혜리로다아마도널구름근쳐의머믈세라詩시仙선은어ᄃᆡ가고咳ᄒᆡ唾

타만나맛ᄂᆞ니天텬地디間간壯장ᄒᆞᆫ긔별ᄌᆞ서히도홀 셔이고斜샤陽양峴현山산
의躑텩躅튝을므니블 와羽우蓋개芝지輪륜이境경浦포로ᄂᆞ려가니十십里리氷
빙紈환을다리고고텨다려長댱松숑울ᄒᆞᆫ소개슬ᄏᆞ장펴뎌시니믈결도자도잘샤
모래를혜리로다孤고舟쥬解ᄒᆡ纜람ᄒᆞ야亭뎡子ᄌᆞ우히올나가니江강門문橋교
너믄겨틱大대洋양이거그로다從둉容용ᄒᆞᆫ다이氣긔像샹潤활遠원ᄒᆞ더境경
界계이도곤ᄀᆞ준되ᄯᅩ어듸잇닷말고紅홍粧장古고事ᄉᆞ를헌ᄉᆞ타ᄒᆡ리로다江강
陵능大대都도護호風풍俗쇽이됴흘시고節졀孝효旌졍門문이골골이버러시니
比비屋옥可가封봉이제도잇다홀다眞진珠쥬館관竹듁西셔樓루五오十십川
천모든믈이太태白백山산그림재를東동海ᄒᆡ로다마가니츌하리漢한江강의木
목覓멱의다히고져王왕程뎡이有유限ᄒᆞᆫ ᄒᆞ고風풍景경이못슬믜니幽유懷회도
하도할샤客긱愁수도둘ᄃᆡ업다仙션槎사를ᄯᅴ워내여斗두牛우로向향ᄒᆞᆫ살가仙
션人인을ᄎᆞᄌᆞ려丹단穴혈의머므살가天텬根근을못내보와望망洋양亭뎡의올
은말이바다밧근하ᄂᆞᆯ이니하ᄂᆞᆯ밧근므이신고ᄀᆞᆺ득怒노ᄒᆞᆫ고래뉘라서놀내관대
불거니뿜거니어즈러이구ᄂᆞᆫ디고銀은山산을것거내여六뉵合합의ᄂᆞ리ᄂᆞᆫ 듯五
오月월長댱天텬의白빅雪셜은므스일고져근덧밤이드러風풍浪낭이定뎡ᄒᆞ거
ᄂᆞᆯ扶부桑상咫지尺쳑의明명月월을기ᄃᆞ리니瑞셔光광千쳔丈댱이뵈ᄂᆞᆫ 듯숨ᄂᆞᆫ
고야珠쥬簾렴을고텨것고玉옥階계를다시쓸며啓계明명星셩돗도록곳초안자
ᄇᆞ리보니白빅蓮년花화ᄒᆞᆫ가지를뉘라서보내신고일이됴흔世셰界계ᄂᆞᆷ 대되다
뵈고져流뉴霞하酒쥬ᄀᆞ득부어들 ᄃᆞ려무론말이英영雄웅은어듸가며四ᄉᆞ仙션
은긔뉘러니아모나만나보아넷긔별뭇쟈ᄒᆞ니仙션山산東동海ᄒᆡ예갈길도머도
멀샤松숑根근을볘여누어풋ᄌᆞᆷ을얼픗드니ᄭᅮᆷ애ᄒᆞᆫ사름 이날ᄃᆞ려닐온말이그듸
를내모ᄅᆞ랴上샹界계예眞진仙션이라黃황庭뎡經경一일字ᄌᆞ를엇디그릇닐거
두고人인間간의내려와서우리를쏠오ᄂᆞᆫ다져근덧가디마오이술ᄒᆞᆫ잔먹어보오
北북斗두星셩기우려滄창海ᄒᆡ水슈부어내여저먹고날먹여늘서너잔거후로니
和화風풍이習습習습ᄒᆞ야兩냥腋익을추혀드러九구萬만里리長댱空공애져기

면늘 리로다이술가져다가四ᄉ海ᄒᆡ예고로ᄂᆞᆫ화億억萬만蒼챵生싱을다醉ᄎᆔ케
밍ᄀᆞᆫ後후의그제야고텨만나쏘ᄒᆞᆫ盞ᄒᆞᆫ잣고야말디쟈鶴학을ᄐᆞ고九空구공의올
나가니空공中듕玉옥簫쇼소리ᄅᆡ어제런가그제런가나도줌ᄋᆞᆯ끽어바다ᄒᆞᆯ구버보
니기픠ᄅᆞᆯ모ᄅᆞᆯ거니ᄀᆞᆺ인들엇디알리明명月월이千쳔山산萬만落낙의아니비쵠
ᄃᆡ업다

<정철>

● 사미인곡(思美人曲)

이몸삼기실제님을조차삼기시니ᄒᆞᆫ싱緣연分분이며하ᄂᆞᆯ모ᄅᆞᆯ일이런가나ᄒᆞ
나졈어잇고님ᄒᆞ나날괴시니이ᄆᆞ음이ᄉ랑견졸ᄃᆡ노여업다平평生싱애願원ᄒᆞ
요ᄃᆡᄒᆞᆫᄃᆡ녜쟈ᄒᆞ얏더니늙거야므ᄉ일로외오두고글이ᄂᆞᆫ고엇그제님을뫼셔廣
광寒한殿뎐의올낫더니그더ᄃᆡ엇디ᄒᆞ야下하界계예ᄂᆞ러오니올적의비슨머리
얼킈연디三삼年년이라臙연脂지粉분잇ᄂᆡ마ᄂᆞᆫ눌위ᄒᆞ야고이ᄒᆞᆯ고ᄆᆞ음의ᄆᆡ친
실음疊텹疊텹이ᄡᅡ혀이셔짓ᄂᆞ니한숨이오디ᄂᆞ니눈물이라人인生싱은有유限
ᄒᆞᆫᄒᆞᆫᄃᆡ시름도그지업다無무心심ᄒᆞᆫ歲세月월은믈흐ᄅᆞᆺᄃᆞᆺᄒᆞᄂᆞᆫ고야炎염涼냥
이째ᄅᆞᆯ아라가ᄂᆞᆫᄃᆞᆺ고텨오니듯거니보거니늣길일도하도할샤東동風풍이건듯
부러積젹雪셜을헤텨내니窓창밧긔심ᄀᆞᆫ梅ᄆᆡ花화두세가지픠여셰라ᄀᆞᆺ득冷닝
淡담ᄒᆞᆫᄃᆡ暗암香향은므ᄉ일고黃황昏혼의ᄃᆞᆯ이조차벼마틔빗최니늣기ᄂᆞᆫᄃᆞᆺ반
기ᄂᆞᆫᄃᆞᆺ님이신가아니신가뎌梅ᄆᆡ花화것거내여님겨신ᄃᆡ보내오져님이너ᄅᆞᆯ보
고엇더타녀기실고곳디고새닙나니綠녹陰음이ᄉᆞᆯ렷ᄂᆞᆫᄃᆡ羅나幃위寂젹寞막ᄒᆞ
고繡슈幕막이뷔여잇다芙부蓉용을거더노코孔공雀쟉을둘러두니ᄀᆞᆺ득시름한
ᄃᆡ날은엇디기돗던고鴛원鴦앙錦금버혀노코五오色ᄉᆡᆨ線션플텨내여금자ᄒᆡ견
화이셔님의옷지어내니手슈品품은ᄀᆞ니와制졔度도도ᄀᆞ졸시고珊산瑚호樹슈

지게우히白빅玉옥函함의다마두고님의게보내오려님겨신뒤브라보니山산인
가구롬인가머흐도머흘시고千천里리萬만里리길흘뉘라서촌자갈고니거든여
러두고날인가반기실가흐른밤서리김의기러기우러녈제危위樓루에혼자올나
水슈品정簾념겸거든말이東동山산의둘이나고北븍極극의별이뵈니님이신가반
기니눈믈이절로난다淸청光광을쥐여내여鳳봉凰황樓누의븟티고져樓누우히
거러두고八팔荒황의다비쵀여深심山산窮궁谷곡졈낫フ티밍그쇼셔乾건坤곤
이閉폐塞싴흐야白빅雪셜이흔비친제사룸은フ니와놀새도긋처잇다瀟쇼湘샹
南남畔반도치오미이러커든玉옥樓누高고處쳐야더옥닐너므슴흐리陽양春츈
을부쳐내여님겨신뒤쏘이고져茅모簷쳠비쵠히를玉옥樓누의올리고져紅홍裳
샹을니믹촌고翠취袖슈룰반만거더日일暮모脩슈竹듁의혬가림도하도할샤댜
룬히수이디여긴밤을고초안자靑쳥燈등거른겻틱鈿뎐箜공篌후노하두고쑴의
나님을보려틱밧고비겨시니鴦앙衾금도촌도출샤이밤은언제샐고흐른도열두
째흔돌도셜흔날져근덧싱각마라이시룸닛쟈흐니모옴의믹쳐이셔骨골髓슈의
쎼텨시니扁편鵲쟉이열히오나이병을엇디흐리어와내병이야님의타시로다
출하리싀어디여범나븨되오리라곳나모가지마다간뒤쪽쪽안니다가향므든놀
애로님의오시올므리라님이야날인줄모릭셔도내님조추려흐노라.

〈정철〉

● 속미인곡(續美人曲)

뎨가는뎌각시본듯도흔뎌이고天텬上샹白빅玉옥京경을엇디흐야離니別별
흐고히다뎌져믄날의눌을보라가시는고어와네여이고내亽셜드러보오내얼굴
이거동이님괴얌즉흐냐마는엇딘디날보시고네로다녀기실식나도님을미더군
쁘디전혀업서이리야교틱야어亽러이구돗쩐디반기시는낫비치녜와엇디다룬

신고누어싱각ᄒᆞ고니러안자혜어ᄒᆞ니내몸의지은죄뫼ᄀᆞ티빠혀시니하ᄂᆞᆯ히라
원망ᄒᆞ며사ᄅᆞᆷ이라허믈ᄒᆞ랴설워플텨혜니造조物믈의타시로다글란싱각마오
ᄆᆞ친일이이셔이다님을뫼셔이셔님의일을내알거니믈ᄀᆞᆮ튼얼굴이편ᄒᆞᆯ실적몃
날일고春츈寒한苦고熱열은엇디ᄒᆞ야디내시며秋츄日일冬동天텬은뉘라셔뫼
셧ᄂᆞᆫ고粥쥭무朝飯반朝죠夕셕뫼녜와ᄀᆞᆮ티셰시ᄂᆞᆫ가기나긴밤의줌은엇디자시
ᄂᆞᆫ고님다히消쇼息식을아므러나아쟈ᄒᆞ니오ᄂᆞᆯ도거의로다ᄂᆡᆯ일이나사ᄅᆞᆷ올가
내ᄆᆞ음둘ᄃᆡ업다어드러로가쟛말고잡거니밀거니놉픈뫼ᄒᆡ올라가니구롬은ᄏᆞ
니와안개ᄂᆞᆫ므스일고山산川쳔이어듭거니日일月월을엇디보며咫지尺쳑을모
ᄅᆞ거든千쳔里리ᄅᆞᆯ ᄇᆞ라보랴출하리믈ᄀᆞᅀᅵ가빈길이나보쟈ᄒᆞ니ᄇᆞ람이야믈결
이야어둥졍된뎌이고샤공은어ᄃᆡ가고빈빅만걸렷ᄂᆞ니江강天텬의혼자셔셔디
ᄂᆞᆫ ᄒᆡ를구버보니님다히消쇼息식이더옥아득ᄒᆞᆫ뎌이고茅모簷쳠ᄎᆞᆫ자리의밤듕
만도라오니半반壁벽靑쳥燈등은눌위ᄒᆞ야ᄇᆞᆯ갓ᄂᆞᆫ고오ᄅᆞ며ᄂᆞ리며혜쓰며바니
니져근덧力녁盡진ᄒᆞ야풋줌을잠간드니情졍誠셩이지극ᄒᆞ야숨의님을보니玉
옥ᄀᆞᆮ튼얼굴이半반이나마늘거셰라ᄆᆞ음의머근말ᄉᆞᆷ슬ᄏᆞ장숣쟈ᄒᆞ니눈믈이바
라나니말인들어이ᄒᆞ며情졍을못다ᄒᆞ여목이조차메여오뎐된鷄계聲셩의줌은
엇디ᄭᆡ돗던고어와虛허事ᄉᆞ로다이님이어ᄃᆡ간고결의니러안자窓창을열고ᄇᆞ
라보니어엿븐그림재날조출ᄲᅮᆫ이로다각시님ᄃᆞᆯ이야ᄏᆞᆫ니와구ᄌᆞᆫ비나되쇼셔

<정철>110)

● 누항사(陋巷詞)

　공이 한음 상공을 따라 노닐었다. 상공이 공에게 산 속에서 지내는 곤궁
하고 괴로움에 대해 묻자 공이 자신의 마음을 적어 이 곡을 지었다.

110)『송강가사(松江歌辭)』 성주(星州)본

　어리고迂闊홀 산이니우히더니업다吉凶禍福을하날긔부쳐두고陋巷깁푼곳
의草幕을지어두고風朝雨夕에석은딥히셥히되야서홉밥닷홉粥에煙氣도하도
할샤설데인熟冷애빈비쇡일뿐이로다生涯이러ᄒ다丈夫ᄯᅳᆺ을옴길넌가安貧一
念을적을망졍품고이서隨宜로살려ᄒ니날로조차齟齬ᄒ다ᄀ을히不足거든봄
이라有餘ᄒ며주머니뷔엿거든瓶의라담겨시랴貧困혼人生이天地間의나쑨이
라飢寒이切身ᄒ다一丹心을이질ᄂᆞᆫ가奮義忘身ᄒ야죽어야말녀나겨于槖于囊
의줌줌이모와녀코兵戈五載예敢死心을가져이서履尸涉血ᄒ야몃百戰을지ᄂᆡ
연고一身이餘暇잇사一家를도라보랴一奴長鬚ᄂᆞᆫ奴主分을이졋거든告余春及
을어니사이싱각ᄒ리耕當問奴ᄂᆡᆫ들눌ᄃᆞ려물를ᄂᆞᆫ고躬耕稼穡이ᄂᆡ分인줄알
리로다莘野耕叟와壟上耕翁을賤타ᄒ리업거마ᄂᆞᆫ아므러갈고젼돌어ᄂᆡ쇼로갈
로손고旱旣太甚ᄒ야時節이다느즌제西疇놉흔논애잠깐긴녈비예道上無源水
을반만깐듸혀두고쇼혼젹듀마ᄒ고엄셤이ᄒᄂᆞᆫ말삼親切호라너건집의달업슨
黃昏의허위허위다라가셔구디다ᄃᆞᆫ門밧긔어득히혼자서서큰기춤아함이를良
久토록ᄒ온後에어화긔뉘신고廉恥업산ᄂᆡ옵노라初更도거읜듸긔엇지와겨신
고年年에이러ᄒ기苟且혼줄알건마ᄂᆞᆫ쇼업순窮家애혜염만하왓삽노라공ᄒ니
나갑시나주엄즉도ᄒ다마ᄂᆞᆫ다만어제밤의거빈집져사람이목불근수기雉을玉
脂泣게ᄭᅮ어ᄂᆡ고간이근三亥酒을醉토록勸ᄒ거든이러한恩惠을어이아니갑흘
넌고來日로주마ᄒ고큰言約ᄒ야거든失約이未便ᄒ니사셜이어려왜라實爲그
러ᄒ면혈마아이할고헌먼덕수기스고츽업슨집신에셜피설피물너오니風彩져
근形容애긔즈칠뿐이로다蝸室에드러간돌잠이와사누어시랴北窓을비겨안자
식비ᄅᆞᆯ기다리니無情혼戴勝은이ᄂᆡ恨을도우ᄂᆞ다終朝惆悵ᄒ며먼들흘바라보
니즐기ᄂᆞᆫ農歌도興업서들리ᄂᆞ다世情모른한숨은그칠줄을모ᄅᆞᄂᆞ다아ᄭᅡ온져
소뷔ᄂᆞᆫ볏보님도됴홀세고가시엉권묵은밧도容易케갈련마ᄂᆞᆫ虛堂半壁에슬듸
업시걸려고야春耕도거의거다후리처더더두쟈江湖혼ᄭᅮᆷ을ᄭᅮ언지도오릭러니
口腹이爲累ᄒ야어지버이져써더다瞻彼淇澳혼듸綠竹도하도할샤有斐君子들아

낙되ᄒᆞ나빌려ᄉᆞ라蘆花깁픈곳애明月淸風벗이되야님진업ᄉᆞ風月江山애절로
절로늘그리라無心ᄒᆞᆫ白鷗야오라ᄒᆞ며말라ᄒᆞ랴다토리업슬ᄉᆞᆫ다문인가녀기로
라無狀ᄒᆞᆫ이몸애무슨志趣이스리마ᄂᆞᆫ두세이렁밧논를다무겨더더두고이시면
粥이오업시면굴물망졍남의집남의거슨젼혀부러말렷노라ᄂᆡ貧賤슬ᄒᆡ너겨손
을혜다물너가며남의富貴불리너겨손을치다나아오랴人間어ᄂᆡ일이命밧긔삼
겨시리貧而無怨을어렵다ᄒᆞ건마ᄂᆞᆫᄂᆡ生涯이러호ᄃᆡ설온ᄠᅳᆺ은업노왜라簞食瓢
飮을이도足ᄒᆡ너기로라平生ᄒᆞᆫᄠᅳᆺ이溫飽애ᄂᆞᆫ업노왜라太平天下애忠孝를일을
삼아和兄弟信朋友외다ᄒᆞ리뉘이시리그밧긔남은일이야삼긴ᄃᆡ로살렷노라

<박인로>

● 선상탄(船上嘆)

그때 국가에서 아직 남쪽의 근심거리를 걱정하고 있었다. 공은 통주사 (統舟師)에 뽑혀 부산(釜山)으로 가 방어하고 있었는데, 공은 배에서 이 곡을 지었다.

늘고病든몸을舟師로보ᄂᆡ실ᄉᆡ乙巳三夏애鎭東營ᄂᆞ려오니關防重地예病이
깁다안자실랴一長劍비기ᄎᆞ고兵船에구테올나勵氣瞋目ᄒᆞ야對馬島을구어보
니ᄇᆞ람조친黃雲은遠近에사혀잇고아득ᄒᆞᆫ滄波ᄂᆞᆫ긴하늘과ᄒᆞᆫ빗칠쇠船上에徘
徊ᄒᆞ며古今을思憶ᄒᆞ고어리미친懷抱애軒轅氏를애ᄃᆞ노라大洋이茫茫ᄒᆞ야天
地예둘러시니진실로ᄇᆡ아니면風波萬里밧긔어ᄂᆡ四夷엿볼넌고무슴일ᄒᆞ려ᄒᆞ
야ᄇᆡ뭇기를비롯ᄒᆞ고萬世千秋에ᄀᆞ업슨큰弊되야普天之下애萬民怨길우ᄂᆞ다
어즈버ᄭᆡᄃᆞ라니秦始皇의타시로다ᄇᆡ비록잇다ᄒᆞ나倭를아니삼기던들日本對
馬島로븬ᄇᆡ졀로나올넌가뉘말을미더듯고童男童女를그ᄃᆡ도록드러다가海中모

든셤에難當賊을기쳐두고痛憤혼羞辱이華夏애다밋나다長生不死藥을얼믜나
어더닉여萬里長城놉히사고몃萬年을사도젼고늠 되로죽어가니有益혼줄모릭
로다어즈버싱각ᄒ니徐市等이已甚ᄒ다人臣이되야서亡命도ᄒᄂ것가神仙을
못보거든수이나도라오면舟師이시럼은견혀업게삼길럿다두어라旣往不咎라일
너무엇ᄒ로소니쇽졀업ᄉ是非를후리쳐더두자潛思覺寤ᄒ니내쯧도固執고
야黃帝作舟車ᄂ왼줄도모릭로다張翰江東애秋風을만나신들扁舟곳아니타면
天淸海闊ᄒ다어닉興이졀로나며三公도아니밧골第一江山애浮萍ᄀᆺ혼漁父生
涯을一葉舟아니면어듸부쳐둔힐ᄂ고일언닐보건된빈삼긴制度야至妙혼덧ᄒ
다마ᄂ엇디혼우리물은ᄂᄂ듯혼板屋船을晝夜의빗기ᄐ고臨風咏月호듸興이
젼혀업ᄂ게오昔日舟中에ᄂ杯盤이狼籍터니今日舟中에ᄂ太劍長鎗쑨이로다
혼가지빅언마ᄂ가진빗다라니其間憂樂이서로ᄀᆺ지못ᄒ도다時時로멀이드러
北辰울ᄇ라보며傷時老淚를天一方의디이ᄂ다吾東方文物이漢唐宋애디랴마
ᄂ 國運이不幸ᄒ야海醜兇謀애萬古羞을안고이셔百分애혼가지도못시셔ᄇ려
거든이몸이無狀혼들臣子ᅵ되야이셔다가窮達이길이달라몬뫼옵고늘거신들
憂國丹心이야어닉刻애이즐넌고慷慨계운壯氣ᄂ老當益壯ᄒ다마ᄂ됴고마ᄂ
이몸이病中에드러시니雪憤伸冤이어려울듯ᄒ건마ᄂ그러나死諸葛도生仲達
을멀리좃고발업ᄉ孫臏도龐涓을잡아거든ᄒᄆᆯ며이몸은手足이ᄀᆞ자잇고命脈
이이어시니鼠竊狗偸을저그나저흘소냐飛船에들러드러先鋒을거치면九十月霜
風에落葉가치헤치리라七縱七禽을우린들못홀것가蠢彼島夷들아수이乞降ᄒ
야ᄉ라降者不殺이니너를구틱殲滅ᄒ랴吾 王聖德이欲幷生ᄒ시니라太平天下
애堯舜君民되야이셔日月光華ᄂ朝復朝ᄒ얏거든戰船ᄐ던우리몸도漁舟에唱
晚ᄒ고秋月春風에놉히베고누어이셔 聖代海不揚波를다시보려ᄒ노라

<박인로>111)

---

111) 박인로, 『노계선생문집』

● 우부편(愚夫篇)

늬말이狂言이나
南村활량말쏭이는
好衣好食無識ㅎ여
눈은놉고손은커서
時體쫄아衣冠ㅎ며
長長春日낫줌ㅈ기
민八字로無常出入
이리모야도로리요
妓生妾治家ㅎ고
舍廊의는죠방군이
名祖上을써셰ㅎ고
炎凉보아進奉ㅎ기
虛慾으로장ㅅㅎ기
늬無識은싱각안고
賤흔ㅅ름업시보고
厚흔디는薄ㅎ야셔
薄흔디도厚ㅎ여셔
친구벗슨조와ㅎ여
勝己者을厭之ㅎ며
늬몸이편홀디로
病날노룻모다ㅎ며
酒色雜技모도ㅎ며
늬行事는기ㅊ반의

져畵像을구경ㅎ소
父母德의편니길여
愚蠢ㅎ고 慊劣ㅎ며
쌈양업시쥬졔넘게
남의눈만爲ㅎ는다
朝夕으로반찬투졍
每日長醉게터넘에
져리모야투젼질
誤入장이친구로셰
안방에는老軀할미
勢道구멍기웃기웃
祖上之業짜불니기
남의빗시泰山이라
착흔行實妬忌ㅎ니
어진ㅅ름미워ㅎ며
흔푼돈의쌈이나고
數百兩이헛거시라
졔집안에不睦ㅎ고
反覆小人허긔진다
남의말을탄치안코
仁蔘鹿茸몸보긔라
돈걱졍은모도흔다
經界板을질머지며

父母祖上頓ᄒ고　　　　　계집子息私妻子라
財物이나收耽홀가　　　　일가친쳑구박ᄒ며
닉人事는밤즁이요　　　　놈의흉만ᄌ바닌다
업ᄂᆞᆫ말도지여닉며　　　先鋒將으로是非로세
날딕업시用錢如水　　　　上下撑石쎠리간다
손님은債客니요　　　　　議論은財利로다
田畓파라貨利돈의　　　　죵파라셔月收즁이
利구멍니第一이라　　　　돈날일을ᄒ여보서
舊木버혀즁ᄉᆞᄒ기　　　칙파라셔빗쥬기며
동닉상놈ᄌ바오기　　　　먼데百姓行惡질노
ᄌ바오라ᄉᆞ믈어라　　　自杖擊之몽둥이요
典當으로셰간잡기　　　　계집문셔종쎅끼와
私結縛의소슬기와　　　　불호령의숫쩨면서
여긔져긔간곳마다　　　　赤失人心ᄒ것구나
ᄉᆞ람마다도젹이요　　　怨ᄒᄂᆞ니山所로다
遷葬이나ᄒ야보며　　　　移舍나ᄒ여볼가
家藏什物다파라셔　　　　杖八十의닉身勢라
宗孫핑게位畓팔아　　　　投戰[30]빗에다나가고
祭祀핑게祭器파라　　　　슐갑시모ᄌ른다
各處빗시뒤더피고　　　　환ᄌ구실일어ᄂᆞ니
뉘라서도라볼고　　　　　獨夫가되단말가
可憐타져兒樣이　　　　　一朝의 乞客이라
玳瑁貫子어딕가고　　　　물네줄은무슴일고
統營갓슨어딕두고　　　　헌破笠의通모ᄌ라

30) 投箋인듯

宿滯로못먹든밥
藥脯肉은어듸가고
竹瀝膏는어듸두고
울타리가쬘ᄂᆞ무요
各張章板소라반ᄌ
벽쎠러진單間房의
戶籍조희로門발으고
銀鞍白馬어듸두고
셕시집신지핑이요
슘슝버션틱ᄉᆞ혀ᄂᆞᆫ
氈쥬머니한포단과
보션목에슘낙슨을
돈피背子담비揮項
동지셧달베즁옷셰
궁둥이난울근불근
담베업난빈듸통은
빗슥빗슥단니면셔
疫疾핑계祭祀핑계
져건너곰生員은
제아비德分으로
슐흔盞밥흔슐을
쥬제넘게아ᄂᆞᆫ체로
遷葬도ᄌᆞ로ᄒᆞ며

슉가락니칙녁보고
씀바귀을단쭐썰듯
모酒흔盞어려워라
洞內소곰반춘이라
唐紙塗背어듸가고
멍셕ᄌᆞ리죠각죠각
神主裸가ᄀᆞᆺ슨이요
前後驅從어듸두고
정강말이졔격이라
슬에발이不祥ᄒᆞ다
樺柳31)面鏡어듸가고
ᄎᆞ고나니금낭이라
綾羅紬衣엇다두고
三伏다림뵈지거쥭
엽거름의긔꼿치며
消日쪼로손의들고
흔되곡식슈슘졀을
野俗ᄒᆞ다洞內人心
怨ᄒᆞᄂᆞ니八字로다
돈쳔이나가졋더니
친구딕졉ᄒᆞ엿던가
陰陽術數苦惑32)ᄒᆞ여
移舍도힘을쓰고

31) 樺榴인듯
32) 蠱惑인듯

當代發福예안이면 避亂곳지여긔로다
올젹갈젹行路上의 妻子息을흣터노코
有無相關안이ᄒᆞ고 공흔거슬ᄇ라거다
欺心取物ᄒᆞ즈ᄒᆞ니 두번지ᄂᆞ아니쇽고
公納犯用ᄒᆞ즈ᄒᆞ니 일가집의부즈업고
쓴지물경영ᄒᆞ여 京鄕出入쏙딘길졔
宰相家의쳥질ᄒᆞ다 逢變ᄒᆞ고 믈너셔며
남의골에걸틔타가 詛禁의쏙계오기
婚姻仲媒先綵돈의 무류보고쌈마지며
家垈文書구문먹기 핀잔보고굿바지고
不理行實씨그렁이 僞造文書非理呼訟
富者ᄂᆞ홀려볼가 甘言利說쇠야보자
언막기의보막기며 銀店이며金店이라
大道邊의色酒家며 노름판의분돈쥬기
南北村쑤장이로 人物招人ᄒᆞ여볼가
산지미수진미로 산양질노노라ᄂᆞ기
혼인핑게어린쏠이 百兩쓰리되얏구나
大宗孫兩班自揚 山所ᄂᆞ파라볼가
안악은친庭ᄉᆞ리 子息은雇工ᄉᆞ리
일가의게獨步되고 친구의게손쇠락질
不知去處나간후의 所聞이ᄂᆞ들어든가
산넘어셩싱원은 그야下愚不移로다
거들어거려ᄒᆞᄂᆞ말이 大丈夫의 氣像으로
洞內尊丈몰나보고 以少陵丈辱ᄒᆞ기와
衣冠列破ᄉᆞ름치기 마졋노라 쎄시며

남의 寡婦동이기와

親戚집의소글기와

富子집의緊혼체로

日收돈月收돈의

宗契빗寡婦빗을

제父母게몹시구러

投箋軍은조아ᄒ여

제妻子는몰나보고

子息노릇못ᄒ면서

며나리을들복그며

先殺人나기구나

天下難逢自處ᄒ니

쥬리틀고경친거슬

슐집은안방이요

늘근父母病든妻子

누에치고길슴혼걸

責忘업고버린몸이

누의同生족하짤을

父母가걱정ᄒ면

안악이ᄉ셜ᄒ면

전녁먹고나간후의

捕廳鬼神되얏는지

偸葬軍의請兵가기

中謀放賣一手로다

親혼ᄉ름以好³³⁾질과

場邊利場處契와

今日明日졸나니네

頑惡키말對答ᄒ며

손목잡고슐勸ᄒ기

남의게집情標ᄒ기

제子息을귀히알며

욕ᄒ면서ᄒ난말리

기동쎅고벽쎨어라

북그림을늬몰늬라

옷슬벗고自揚ᄒ되

投戰³⁴⁾房이舍廊이라

손톱발톱제체지고

슐늬기로중긔두셰

무슴生涯못홀숀야

色酒家로換賣ᄒ셰

頑惡키말對答과

밥床치며게집치기

논두렁을버엿는지

듯도보도못홀너라

<작자 미상>³⁵⁾

---

33) 離間인듯
34) 投箋인듯

용부편(庸婦篇)

흉보기도실타마는
親庭의편지ᄒ여
시집간지셕달만의
게검시런嫂아바니와
야의덕이嫂뉘들과
요악ᄒᆞ아오동세와
그셰롭다男奴女婢
여긔저긔ᄉ셜이요
남편이나미더든니
시집ᄉ리못ᄒᆡ깃네
치마씨고늬닷기와
오락가락못견듸여
들구경이나ᄒᆡ여보며
긴長竹이벗님이요
것트로난셜름이요
半粉씩로일을숨고
嫂父母가걱정ᄒ면
남편이ᄉ셜ᄒ면
들고나면초롱군이라
兩班自揚모도ᄒ며
南大門박셩덕어미
빈와서글어ᄒᆫ가

저부인모양보소
嫂집ᄭᅵ도ᄒ고만네
嫂집ᄉ리甚ᄒ다고
암득홀ᄉ嫂어머님
엄슉덕이맛동서며
녀호갓튼시앗년에
들머나며홍부덕이
구석구석모함니라
十伐之木되냐셰라
간슈병이어듸간노
襁씸쓰고逃亡질의
僧년이나ᄯ라갈가
나물이나쯧어볼가
問卜ᄒ기消日이라
속으로난짠싱각의
털쏩기가歲月이요
頑惡키말對答이며
뒤즁그려맛넉슈라
八字나고쳐볼가
色酒家나ᄒ여볼가
제天性이져러ᄒᆫ가
본듸업시ᄌ라구나

---

35) 작자 미상, 『초당문답(草堂問答)』

여긔저긔무릅마침
나며는말傳主요
제祖上은제쳐노코
巫堂소경 苦惑ᄒ여
남편 兄樣볼작시면
子息擧動볼작시면
엿장ᄉ와쩍장ᄉ는
물네압씨야압흔
이야기칰이消日이요
이집져집以奸질로
人物招人썰어늬며
세간이쌀나가고
치마는쌀나가고
총업는헌집신에
婚姻葬祀집집마다
슌냥식거울너라
아ᄒᆞ싸홈어룬싸홈
일업시셩을늬여
시앗슬무여ᄒ여
며나리를쫏ᄎᆞ니
쌀子息을다려오니
두손벽을두다리며
무슴꼴의生妬忌로
間夫달고다라ᄂᆞ서
無識ᄒᆫ女子들아

싸홈질노歲月이요
들며는飮食共論
佛供ᄒ기爲業이요
衣服가지다니가고
습살기의뒤다리라
털버슨숄기미라
아기핑게걸으지안코
션하품의기지기라
淫談敗說歲月이라
모함줍고쏭먹기며
佩족박니되야구나
걱정은늘어가며
허리쏭이기러간다
어린子息둘처업고
飮食투심일을슴고
ᄒᆞᆫ번飽食ᄒ여보ᄌ
가婦之罪로민맛치고
어린子息구다리고
中媒아비怨忘느니라
아들은홀아비요
無禮無義淫亂니요
放聲大哭駭怪ᄒ다
머리쓰고드러눕고
官婢定續36)흐뭇지다
져擧動을ᄌ세보니

글은줄을아라거든   고칠기ᄌ심을씨고
올흔줄을알라거든   힝ᄒ기를위쥬ᄒ쇼

<작자 미상>[37]

---

36) 定屬인듯
37) 작자 미상, 『초당문답(草堂問答)』

참고문헌

<자료>

권화 · 박경여, 『장릉지』

김부식 등, 『삼국사기』

김응정, 『해암문집』

남학명, 『회은집』

노진, 『옥계집』

민사평, 『급암시집』

박용대 등, 『증보 문헌비고』

박인로, 『노계선생문집』

박지원, 『열하일기』

성삼문, 『성근보선생집』

성현 등, 『대동야승』

성현 등, 『악학궤범』

송순, 『면앙집』

신위, 『경수당전고』

심광세, 『해동악부』

안축, 『근재집』

유희경, 『촌은집』

이규경, 『오주연문장전산고』

이규보, 『동국이상국집』

이민성, 『경정집』

이이, 『율곡선생전서』

이제현, 『익재난고』

이행 · 홍언필, 『신증동국여지승람』

이현보, 『농암집』

이형상, 『병와선생문집』

이황, 『퇴계선생문집』

정극인, 『불우헌집』

정인지 등, 『고려사』

정인지 등, 『용비어천가』

차천로, 『오산설림초고』
최경창, 『고죽유고』
일연, 『삼국유사』
한치윤, 『해동역사』
혁련정, 「대화엄수좌원통양중대사균여전 병서」
『시경』
『시용향악보』
『악장가사』
『잡가』
『조선왕조실록』
진본(珍本) 『청구영언』
「평산신씨고려태사장절공유사」

<단행본>
김완진(1991), 『향가해독법연구』
박병채(1992), 『고려가요의 어석연구』, 반도출판사
양주동(1998), 『양주동전집』, 동국대학교출판부
양주동(1987), 『증정 고가연구』, 일조각
윤덕진・손종흠 공저(2011), 『고전시가강독』, 한국방송통신대학교출판부
임기중 편(1987), 고활자본 『역대가사문학전집』, 동서문화원
최철・박재민(2003), 『석주 고려가요』, 이회
혁련정 저, 최철・안대회(1986), 역주 『균여전』, 새문사

<논문>
김명순(2006), 시조 <삼동에 베옷 입고>의 문헌 전승 양상 연구, 한국시조학회, 『시조학논총』, 24집
권순렬(2005), 「최경창과 홍랑 연구」, 한국시가문화학회, 『한국시가문화연구』 16권
권순회(2009), 「『고금가곡』의 원본 발굴과 전사 경로」, 우리어문학회, 『우리어문연구』 34권
박지홍(1957), 「구지가 연구」, 국어국문학회, 『국어국문학』 16
최지혜(2016), 「『고금가곡』에 나타난 무반의 가집 편찬 의식과 가곡 향유」, 이화어문학회, 『이화어문논집』 통권 제40집
허영진(2004), 「남창본 『고금가곡집』의 실증적 재조명」, 국제어문학회, 『국제어문』 31권

찾아보기

편저자약력

엄 경 흠
경상북도 예천군 출생
동아대학교 문학박사
동양한문학회 회장
신라대학교 국어교육과 교수

▌한국 고전시가 읽기

초 판 1쇄 인쇄 2018년 2월 25일
초 판 1쇄 발행 2018년 2월 28일
편저자 엄경흠
펴낸이 이대현
편 집 박윤정
디자인 홍성권
펴낸곳 도서출판 역락 | 등록 제303-2002-000014호(등록일 1999년 4월 19일)
주 소 서울시 서초구 반포4동 577-25 문창빌딩 2층
전 화 02-3409-2058(영업부), 2060(편집부) | 팩시밀리 02-3409-2059
전자우편 youkrack@hanmail.net
I S B N 979-11-6244-142-8 93810

■ 정가는 표지에 있습니다.
■ 잘못된 책은 교환해 드립니다.

■ 이 도서의 국립중앙도서관 출판예정도서목록(CIP)은 서지정보유통지원시스템 홈페이지(http://seoji.nl.go.kr)와 국
   가자료공동목록시스템(http://www.nl.go.kr/kolisnet)에서 이용하실 수 있습니다.(CIP제어번호: CIP2018004584)